いびつな夜に

加藤千恵

幻冬舎文庫

いびつな夜に

ぎこちなく慣れない思いを抱えてる
慣れないピンクを身につけたまま

ワンピース、スカート、ネックレス、バッグ、ストール。街にもお店にもピンクのものは溢れているけれど、どれもわたしには似合わないものだ。いつだって黒やグレーばかりを選ぶことで落ち着いていた。だからこうして、ピンクのパンプスを履いて、美容室にやって来る自分なんて想像もしていなかった。

担当美容師である時岡さんを好きになったと相談したとき、友だちの亜佐美は、高校生みたい、と笑った。

「そんなことない。高校生だろうと四十歳だろうと、好きになるときはなるよ」

少しムキになって言い返すと、そうかもしれないけど、と亜佐美はなおもおもしろがる様子を隠さずに言った。

確かに想像していなかった。二十五歳の自分が、担当美容師に恋をするということを。でもいつだって恋は想像外の場所にあって、予告もなしに、突然ラインを越えてやって来る。

時岡さんについての見た目や感じを細かく訊ねてきた亜佐美に、一つずつ答えていった。見た目もしゃべり方も柔らかくて、身長は高くて、体が細くて、音楽の話で盛り上がってから、気になる存在になっていることなんかを。

さんざん話したあと、亜佐美は頷《うなず》き、言った。

「それはギャップを狙うしかないね」

ギャップ？　と思わず訊き返すと、また頷き、説明してくれた。いわく、どんな恋愛もギャップともいうべき意外な面を、相手に感じさせるのが重要になるとのこと。

「具体的にどうすればいいの？」

わたしの質問に、亜佐美は、そうだねー、と悩んでから答えた。答えに価値を付加させるようなゆっくりとした速度で、一音一音をくっきりと発音する。

「ピンクのものを身につける、とか」

何それ、ラッキーアイテムじゃないんだから、と拍子抜けして笑ったわたしに、真面目な顔のままで亜佐美は、普段と違うことが重要なんだってば、と話していた。


ピンクのパンプスを見つけたとき、あの半年前のやり取りを思い出したのだ。それまでは気にもかけていなかったアドバイスなのに。美容室に履いていこう、と思いながら会計していたとき、わたしの胸の鼓動は速くなっていたと思う。

そして今日。トリートメントだけの予約を入れていた。案内された席で座って待っていると、時岡さんがやって来て、お待たせしました、ありがとうございます、といつもの柔らかい笑顔を向けてくれた。

けれど柔らかさの中にほんの少し翳《かげ》りがある気がした。理由はすぐにわかった。時岡さんはわたしに言った。

「来てもらえてよかったです。メールでお伝えしようと思ってたんですけど、僕、今月いっぱいでここを辞めるんですよ。友だちが九州で美容室をオープンさせることになって」

え、という音が、わたしの口から漏れた。時岡さんがさらに説明してくれるけれど、すんなりと呑み込むことができずに、声にならない思いばかりが胸に積もっていく。

「あれ、ピンク、珍しいですね。可愛い」

話の途中で、時岡さんが言った。視線はわたしの足元にある。ありがとうございます、と答えるわたしの声は暗く、ただ光沢を伴ったピンクのパンプスだけが鮮やかさを放つ。

水色の傘が記憶を開いてく
ずっと隠していたはずのもの

窓の外で続いている音の正体が雨であるとベッドの中で気づいたとき、思わずため息をついた。

起き上がり、カーテンを開ける。曇った重たい空だ。出かけるのをやめて、このままベッドで二度寝したいと思ってしまう自分がいて、断ち切るように首を横に何度か振った。

もっと楽しみにしなきゃ。デートなんだから。

心の中で言い聞かせる。デート、という明るい響きが、今の感情と全然釣り合ってくれない。

相手は、友だちの紹介で知り合った人だ。二人きりで会うのは今日が初めてで、緊張よりも面倒くささが上回ってしまいそうなのを、必死に抑えようとしている。

紹介してくれた友だちは、わたしが彼氏を作らない理由を、前の彼氏への未練だと思い込んでるみたいだ。そんなんじゃなくて、ただ単にタイミングが合わないだけなのだと説明しているのに、なかなか納得してくれない。きっと今抱えている厄介さも、友だちに相談したら、未練だと決めつけられてしまうだろう。

服を選ぶため、クローゼットの前に立つ。デート、とまた思ってみるけれど、気持ちはやはり上昇してくれない。

待ち合わせ場所である、駅の西口改札には、わたしのほうが先に着いた。遅刻しなかったことに安心しながら、改札口と少し離れて向かい合う形で、駅構内のコンビニの前に立つ。

一緒にランチを食べてから、映画を観に行く予定になっている。終わったら多分お茶をするだろう。もしお茶が長引けば、晩ごはんも食べる流れになるかもしれない。

今日、じゃあまた、と言い合うまでに、わたしは少しでも相手のことを好きになれるのだろうか。

答えのわからない問いを抱えていると、改札口の向こうから、待ち合わせ相手がやって来た。片手をあげる彼に、笑顔で応えてから、彼がもう片方の手に持っているものに気づき、わたしは思わず息を呑みそうになる。

水色の傘。

あまりにもよく似た色だ。少し使い込んだのか、くすんだようになっているところまで含めて、ソックリだ。

ずっと忘れていた光景が、一気に頭の中を駆けめぐる。前の彼氏と一緒に傘を買いに行ったときのものだ。傘なんて何でもいいんだけどな、と言う彼に対して、明るい色のほうがいいと思うよ、と必死に水色の傘を勧めていたのはかつてのわたしだ。結局、ちょっと派手じゃないかな、と言いながらも、彼はそれを購入した。その傘を持った彼と、何度も何度も会った。雨の日も憂鬱じゃなかった。会えない日は会える日が待ち遠しくて、会っているときは時間の流れがあっというまだった。

何をしていても、何を話していても、楽しかった。ずっと笑ってばかりいた。ずっとこうしていられるのだろうと、わざわざ意識しなくても、信じきっていた頃。

待ち合わせ相手が近づいてきて、ごめんね、待たせたかな、と言う。わたしはうまく答えられない。同じような傘を持っているのに、この人は彼とは違う。考えてもいなかった未練という感情のかたまりが、自分の中にこんなにも大きく存在していることに気づいて、わたしは泣き出しそうになる。

オレンジに光る観覧車を見てる
言えないことや言わないことと

窓の外では観覧車がオレンジに光っている。綺麗だと思う。ただ、もうずっと見ているから、点滅する光の美しさにも慣れてしまい、単なる風景となりつつある。

それでも目を離さずにいるのは、前を向いて、目を合わせるのが怖いからだ。望んでいるからこそ怖い。窓ガラスに映る彼の表情を時々うかがってみる。とりたてて変化はない。何を考えているのだろうか。

「毎日違う色に光るらしいよ」

「そうなんだ。綺麗だよね」

さっきから、会話は観覧車にまつわるものばかりだ。きっとそれでいいんだと思う。

また沈黙。しばらくして口を開いたのは、やっぱり彼のほうだ。

「光るものが好きなんだね」

今日、三人でいるとき、わたしがこの夏に花火をしなかったことを嘆いていたからだな、と気づくまでに少しだけ時間を要した。花火も観覧車も光るものなのだろう、彼の中では。

「光らないものも好きだよ」

変な答えになってしまったと思ったら、間髪いれずに、たとえば？　と訊ねられてしまう。

「……ソファとか」

座っているソファの肘掛部分に触れながら言った。

間ができてしまったのは、この人の名前を呼んだならどうなるのだろう、という思いが生まれたからだ。冗談になるかもしれない。けれど、ならないかもしれない。

「そりゃあたくさんあるよな。変なこと言ったね、俺」

彼は、付け足すみたいな、小さな笑い声をあげる。

彼の両手が、テーブルの上に、投げ出すようにして置かれているのを、横目でちらりと確認する。テーブルの幅は狭いから、こちらから腕を伸ばしたなら、手に触れることができるだろう。いとも簡単に。あっさりと。

きっとまだ彼女は戻ってこない。この店と通路にあるトイレは、フロアの真逆に位置しているから。今、手に触れたとしても、彼女が戻ってくるまでには、きっと離すことができる。できる。できるけれど。

「あのさ」

「うん」

動揺を悟られないようにして答えるのは、今日に始まったことじゃないし、もう慣れた。続く言葉がどんなものなのか、緊張して待っているけれど、その緊張を、この人に打ち明けることはないだろう。

「いや、やっぱいいや」

またも、付け足すみたいな、小さな笑い。

「変なの」

言ってよ、という言葉の代わりに、そう答えた。

単なる自意識過剰じゃなければ、この人はわたしのことを好きなんだと思う。もう子どもじゃないのだし、いくつか恋をしてきて、少しはそういうのもわかるようになったつもりだ。

そしてわたしだって、この人のことが好きだ。誰よりも。

けれど、好きという気持ちだけじゃ、どこにも行けない。

彼女はそろそろ戻ってくるだろうか。彼女はこの人の恋人で、わたしは彼女の友だちだ。

だから、こんなに近い場所に置かれた手に触れることもできない。

彼と窓ガラスの中で目が合う。わたしはそれを、勘違いだと思い込もうとする。

観覧車がオレンジに光っている。わたしたちとは無関係に。

青いマグカップに触れる
記憶ごと飲み干すことができればいいのに

何をしたって考えてしまうから、買い物に行くのも、テレビを見るのもあきらめて、ただソファに座ったままぼんやりとしている。

かといって、泣くほどのエネルギーや情熱は、もう既に使い果たされてしまったみたいだ。テーブルの上に置いた、ちっとも鳴らない携帯電話の中には、まだ彼の連絡先が入っているけど、メールや電話をしたい衝動よりは、返事が来なくて傷つくかもしれないという恐れのほうが勝る程度には冷静だ。

このまま時間だけが流れて、夜や、明日の出勤時刻を迎えるのだろうか。半ばソファと一体化しながら。

首を横に激しく振って、重たい体を立ち上がらせる。義務だと思い込んだ。

細長い台所で、お湯をわかしはじめる。中身が見える透明なティーポットに茶葉を入れる。友人が台湾土産にくれた、凍頂烏龍茶だ。華やかな香りがする。

飲む前にティーポットやカップを温めておいたほうがいいのだと、友人は教えてくれた。ただ今日のわたしには、そこまでのエネルギーがない。

ぼんやりとしている間にもお湯はわく。火を止めて、ポットに注ぎ込む。ゆっくりと広がっていく茶葉。

食器棚からマグカップを二つ取り出して、並べる。ポットからお茶をいれようとして、ふと気づく。

そっか。一つでいいんだ。

ポットを置き、並べたカップを、じっと眺めてしまう。色違いで、同じシンプルなデザインだ。青いほうが彼の、薄いピンクのほうがわたしの。内側はどちらも白い。

いま自分が、どれくらい悲しんでいるのか全くわからない。悲しいとか寂しいとか泣きたいとか、いくらでも感じられそうなはずなのに、ここで台所に立っている自分すら、どこか遠い存在に思えてしまう。

再びポットを手にして、あえて青いマグカップだけにお茶をいれた。お茶の、薄い金色がハッキリとわかる。ポットを置き、カップを持ってソファに戻る。

一口飲むと、味より匂いより、熱さが強く残った。少し冷めるのを待つ。

テーブルの上に置いたマグカップを見つめながら考えるのは、どうしたって、彼のことばかりだ。

好きな子ができたと彼は言った。わたしより好きなのかと聞いたら、申し訳なさそうに頷かれた。何度だって思い出せるし、何度だって思い出した。あのときの彼の表情。頷きの速度まで。

マグカップは、いつだったか、一緒にドライブで出かけたアウトレットモールで買ったものだ。数百円だったと思う。似たようなものはいくらだって売っているし、いっそ捨ててしまっても構わないと思うけど、捨てられるかどうかはわからない。いや、本当はわかっている。捨てられるはずがない。

　この部屋で二人で、最後にお茶かコーヒーを飲んだのは、いつだっただろう。思い出せないのは、あまりに当たり前の光景だったからだ。これまでも日常として存在していたから、これからも日常として存在していくのだと、疑ってすらいなかった。ある日突然失われてしまうなんて、みじんも想像していなかったのだ。

　手を伸ばし、お茶を口に含んだ。さっきよりはマシだけれど、まだ充分に熱い。おいしいのか薄いのか、よくわからない。自分がどれくらい悲しいのかも、やっぱりわからない。

君がいま緑のハンカチでふいた
その手に触れることができたら

話したいから、とメールで伝えられた時点で、気づくべきだったのかもしれない。

「式は海外でやろうと思ってるんだ。俺は別にどっちでもいいんだけど、やっぱり向こうはやりたいみたいで」

「そりゃあそうだよー、やったほうがいいよー」

こんなに明るい声を出せる自分が不思議だ。自分の中に別の誰かがいて、その人がしゃべっているみたい。

そっか、そういうもんか、と目の前の彼が言う。

「プロポーズってどんな言葉だったの？」

聞かなきゃいいのに、と思いながら聞いている。さっきからそんな質問ばっかりだ。聞かなきゃいいのに聞いて、正直に答えられて、そのたび律儀に傷ついている。自分で自分を追いつめているようなものだ。

「ベタだから恥ずかしいけど、まあ、彼女の部屋にいるときに、結婚しようか、って」

見てもいない彼女の部屋が、会ってもいない彼女の姿が、想像の中で仕上がっていく。綺麗なんだろうか。可愛いんだろうか。写真見せて、と言ったら、携帯電話からどこかに行ったときの写真でも出てくるかもしれない。でもさすがにそれは、それだけは見たくない。きっといつか見ることになるのに。そう遠くない未来に。

「やるじゃーん。にしても、矢野ちんに先越されることになるとは思わなかったなー。わたしも彼氏探さなきゃなー」

「小出もすぐにできるって」

そう思うなら、彼氏になってくれればよかったじゃん、と言いたくてたまらなくなっていると、ちょっとトイレ行ってくる、と矢野ちんが席を立った。

一人残されて、どこか安心してしまう。ため息をついた。

ワンピースを着てきた自分が、バカみたいで泣きたくなる。話したいと伝えられて、思い描いていたのは、告白だったなんて絶対に言えない。答えは絶対に、はい、だと決めていたのに、実際は選択肢すら与えられてない。

学生時代からいつも近くにいて、なんでもわかってるつもりになっていたのに、一年も前から彼女がいたなんて、予想外すぎる。結局わたしは、なんにもわかってなかったんだ。

トイレから戻ってくる矢野ちんが見える。

歩きながらハンカチで手をふいている。席に着いてポケットにしまいこんだハンカチの色は、緑のチェック。きちんとアイロンがかかっている感じのそれは、今までの彼なら持っていなかったはずのものだ。

彼のために、ハンカチにまでアイロンをかけ、それを持たせ、使わせるようにしている彼女。きっと彼女は、結婚式や今後の生活について思いを馳《は》せ、しっかりと手順を進めていくのだろう。矢野ちんのポケットに入っている緑のチェックのハンカチは、何かの象徴だ。わたしが届かなかった部分。わたしではできなかったこと。

話を聞かされてから、わたしは、すごいね、びっくり、を連発してばかりで、おめでとう、とはまだ言っていない。そのことに矢野ちんは気づいていないだろう。

昔とは違うところにいることの
象徴みたいな黒いバッグだ

仕事帰りのはずの彼は、黒いビジネスバッグを持って現れた。スーツ姿よりも先にそっちが目についた。

「久しぶり」

「久しぶり」

バッグについて言おうと思ったのに、ほんとに久しぶりだよね、どのくらいだっけ、と訊ねられて、タイミングを逃した。

運ばれてきた生ビールで、控えめな乾杯をする。何かを記念するためでも祝うためでもない、挨拶としての乾杯だ。

訊ねられて考えるふりをしたけど、三年ぶりだとわかっていた。会うことになってから、思い出してばかりいたから。最後に会ったのは、こんなふうに、メニューに凝った料理が並ぶような、小洒落たお店じゃなかった。もっと汚くて騒がしくて安いお店だった。わたしは泣きじゃくり、彼は怒りをあらわにしていた。

今、わたしの目の前で彼は微笑んでいて、一方わたしも笑みを浮かべている。あのときには考えもしなかった光景だ。

浮気が原因だった。裏切ってしまったのはわたしのほうだ。浮気相手は同じゼミの男の子で、今では下の名前も思い出せない。目撃情報はあっというまに駆けめぐって、彼の耳にもすぐに届いた。そしてわたしは、二年以上付き合った大好きな彼を、あっというまに失うこととなった。いくら泣いても、どんなに謝っても、彼の怒りは解けそうになかった。浮気相手は、面倒な事態を察したのか、以来ほとんど口をきいてもくれなくなった。あのときわたしは、自業自得という言葉の意味を、身をもって知った。

ビールから切り替えた赤ワインを口にして、わたしは訊ねた。

「今は付き合ってる人いるの？」

彼は悩むような表情をしてから、好きな子は、と言った。

嘘ついてる、と即座に思った。それから、床に置かれたバスケットの中の、黒いビジネスバッグを見て、でも嘘じゃないかもしれない、と思い直した。

わたしが知っているときの彼は、好きな子以外と、二人で食事に行くようなことをとても嫌っていた。ありえないと思っていたはずだ。だから嘘だと思った。でも彼は、黒いビジネスバッグを持ち歩く大人になった。

「どうして社会人って、みんなして黒いビジネスバッグ持つんだろうなー。ダサいよな。おれだったら絶対に別のにするよ」

何度もそう話していたことを、目の前のこの人は、きっとおぼえていないだろう。

「そっちは彼氏いるの？」

訊ねられ、好きな人は、とほとんど同じ言葉を返した。これは完全な嘘だ。前の恋人と別れてから、しばらく気持ちは動いていない。

そうか、と答えたきり、彼は突っ込んだ質問をしてこようとはしなかった。だからわたしも、黙って赤ワインを飲む。

さっきまでみたいに、また思い出話をすることはできる。共通の友人や知人の名前をあげて、今はどうしてるんだろうと言い合ってもいい。過去の話ならいくらだって出てくる。でも多分わたしたちは、これから同じ未来を見ることはできないし、それについて語り合うこともできない。

この人のことがすごく好きだった。すごくすごく好きだった。あらゆるものを分かち合ってきた。だけどここにいるのは、かつての彼でも、かつてのわたしでもない。

「にしてもほんと、久しぶりだよね」

彼が言う。何かを確認しているみたいだった。わたしは頷いた。

受け取った黄色いＣＤ
聴くたびに気持ちの奥が揺れてかすんだ

彼はバーのマスターで、わたしは時々そこに行く客だ。

最初は友だちに連れられて行き、数回通ううちに、一人でも足を運ぶようになった。最初は行きつけのお店ができた嬉しさがあって、それはどんどん、彼に会える嬉しさに変わっていった。

狭い店内で、彼とわたしの二人きりになることも何度かあって、そのたびに、ちょっとした酔いを抱えてぼうっとする頭で他愛もない話を続けながら、緊張を高めていた。

彼はいつも優しくて、穏やかだった。酔っぱらって騒ぐお客さんがいればさりげなく注意をし、一人でつまらなそうなお客さんには適度に話しかける。仕事だからといえば当然だけれど、彼自身の性格の良さが滲《にじ》み出ているように感じられた。

彼からCDをもらうことになったのは、誕生日だったからだ。その日はわたしと友人の、二人でバーにやって来ていた。

「ねえねえ、佳奈美、今日が誕生日なんだよー。なんかオリジナルカクテル作ってあげてよ」

そう言い出した友人を、いいって、とさえぎったけれど、彼は、そうなんだ、とやけに嬉しそうに反応してくれた。カウンターの中から。いつだってわたしたちの間には、カウンターが存在している。

「じゃあ、カクテルもあとで作るけど」

言いながら彼は、何かを探しはじめたようだった。一分もしないうちに、これがいいかな、と目の前に出してきてくれたのは、黄色いジャケットのCDだった。

なんですか、と訊ねるより先に、プレゼント、と言われた。

手に取ってみる。知らないバンド名、知らないタイトルのアルバム。どうやら洋楽みたいだ。

「イギリスのバンドなんだけど、よかったら。趣味に合うかわからないけど」

「もらっちゃっていいんですか？」

「もちろん。新品じゃなくてごめんね」

「ありがとうございます」

ケースの表面をなぞった。新品じゃないのが、余計に嬉しかった。帰ったら聴こうと思った。

もらったCDを、毎日最低でも一度は聴いた。仕事でどんなに疲れていても、どんなに酔っぱらっていても、CDを聴くことは忘れなかった。歌詞カードに添えられていた訳によると、CDの中で歌われているのは、夜を塗りつぶせとか、革命は今すぐに起こせるんだとか、そういう類いのものばかりで、ラブソングには聴こえなかったけれど、どんなことでもよかった。彼からもらったという事実が重要だった。

あれから、いったい何度聴いたことになるだろう。ある日わたしは、外出先で彼とばったり会った。

「あっ」

「あっ」

お互いに声が出た。向こうが笑ったから、わたしも笑わざるをえなかった。本当は笑いたくなかった。

彼は奥さんと、小さな娘さんと一緒だった。知っていたのに、実際に見ると、声に出せないショックを受けた。百聞は一見にしかず、ということわざを思い出した。わたしは彼女たちに会釈した。初めてカウンターなしで会えた彼を、むしろ普段よりも遠く感じた。

永遠に続く赤信号なんて
ないとわかっていて祈ってた

助手席じゃなくてよかったのかもしれないと思った。助手席の後ろであるこの場所のほうが、運転席の彼を、不自然じゃなく見ることができる。

真剣な横顔が、連なっている車のライトや街灯や建物の光によって、時々照らし出される。好きな顔だ、と意識する。今日だけで何度も思ったこと。今日だけじゃなく、ずっと思ってきたこと。

「楽しかったね」

「うん、楽しかったね」

わたしの言葉に、彼が同じ言葉を繰り返す。頭の中で、次の会話のきっかけを必死に探る。

「ごめんね、運転まかせっぱなしになっちゃって。疲れたよね」

「いや、別に平気。行きは敦がほとんど運転してくれてたし。正直、ビールは飲みたかったけど」

「だよね」

彼が小さく笑う。視線は前を向いたまま。

また言うことがなくなってしまい、わたしは黙る。

四人で車で出かけるなんて、久しぶりのことだった。日帰りドライブ。サービスエリアでも、水族館でも、大学時代を思い出すよね、とずっと盛り上がっていた。でも二人を先に降ろして、こうして二人きりになってしまうと、ずっと騒いでいたのが嘘みたいな静けさが訪れた。

単に自宅の位置の問題だから、二人きりになってしまったことにまるで意味なんてない。わかっているのに、どうしたって意識してしまう。

出会った大学時代から、この人のことが好きだった。一度告白して、あっさりと断られた。もうあの告白は、なかったことのようになっている。もちろんそれは彼の優しさだとわかっていた。わかっていて、その優しさに、また期待している。

「今日はこのまま実家泊まるの？」

「いや、車返して、自分の家帰るよ。明日も仕事だし」

「そうだよね」

この車は、彼のお父さんのものだ。

「どこで曲がればいいんだっけ」

「あ、三つくらい先の信号だけど、別に適当なところでいいよ。停めやすいとこで。遠回りになっちゃう」

「別にいいよ。たいした手間でもないし、どうせ車なんだし」

「紳士だねー」

「そうそう、紳士だよ。イギリス育ちだから」

「嘘じゃん」

わたしたちは笑い合う。

本当は、このまま朝になるまで、ドライブを続けていたい。見たこともない場所に行ってしまいたい。

もうちょっとどこか行こうよ、と言ったら、彼はやんわりと断るんだろうか。わたしが傷つかない言い方を探して。あのときと同じように。

「あ、惜しい」

彼が声をあげる。信号が目の前で赤になってしまったのだ。彼は残念そうだけど、わたしは嬉しい。赤信号が、一秒でも長びくことを、声に出さずに祈っていた。それくらいしか、一緒にいる方法なんてないから。

シルバーの冷たい感触
何だって聞ける強さも弱さもなくて

十日ぶりに会った輝弥は、前に会ったときよりもさらにボンヤリしているように見えた。そのくせよくわからないタイミングで、早口で饒舌になったりもする。

もっともひどいのは電話だった。ポケットの中で鳴り出した携帯電話の画面を見て、一瞬眉をぴくりとさせた。

「出なくていいの？」

わたしはカフェオレを一口飲んでから、そう言った。何も言わないのも不自然かもしれないと思って。彼は、ああ、とあいまいな返事をして、それでも電話に出ることはしなかった。

「職場の先輩なんだよね。最近、休日にもかけてくることが多くて。全然用はなかったりするのに」

そう言ってから、その先輩についてや、最近の仕事の忙しさについて、説明を始めた。こっちが聞いてもいないのに。わたしはただ、時おり相づちを打った。

しばらくしてから、やっぱりちょっとだけ電話かけてこようかな、あとでうるさく言われそうだし、と台本を読み上げるみたいに言いながら立ち上がった輝弥に、わたしは、大変だね、と声をかけた。店を出る彼の後ろ姿からは、感情は読み取れなかった。

どうしてあんなに嘘が下手で、そのくせバレていないと思っているんだろう。

わたしはテーブルに視線を落とす。

隅に置かれたシルバーのシガレットケースが、持ち主の不在とは関係なく、鈍く光りつづけている。ほとんど傷のない、ほぼ新品のそれは、きっと安いものではないのだろうなと思う。タバコを吸わないわたしにはまるでわからないけれど。

「シガレットケースって、あんまり意味わかんないよな。わざわざケースに入れる必要ないと思わない？　二度手間っていうか」

そう言っていたのは半年ほど前の輝弥自身なのに。もう記憶からすべり落ちてしまっているのだろう。

「ケース、意味わかんないって言ってなかった？　なんでいきなり使いはじめたの？」

手にとって、電話を終えて戻ってきた彼にそんなふうに聞いたなら、彼は一瞬ひるんでから、とても納得できそうにない言い訳を始めるだろう。「職場の先輩」にもらって使わないわけにはいかないんだとかそんな類いの。存在しているかどうかもわからない先輩。

「他の女にもらったんでしょう？」

さらに聞いたなら、どんなふうになるんだろう。怒り出すだろうか。黙るだろうか。眉間《みけん》に皺《しわ》を寄せるだろうか。どれもありうる。もちろん、つまらない想像を実際に確かめるような事態は起こさない。怖いからだ。

けれど、わたしは何が怖いんだろう。輝弥を傷つけることなのか、自分が傷つくことなのか、めちゃくちゃな言い訳をされることなのか、一人になることなのか、責めてしまう自分なのか、自分をコントロールできなくなることなのか。

わたし、輝弥をどのくらい好きなんだろう。

生まれた問いに、明確な答えなんて出そうになかった。何もプリントのない、シンプルなシルバーのシガレットケースを、そっと人差し指でなぞってみる。

会いたさは口に出せない
指先に薄紫と悲しみを置く

頑張って仕事を早めに終わらせた金曜の夜は自由で、わたしは寂しくなるのを止められない。

駅前はいつもよりも人が多かった。飲みに行く人たちで溢れていたのだ。

お酒は嫌いじゃない。誰かれ構わず連絡すれば、一人くらいはつかまるだろうとも思ったし、浮かぶ顔がないわけじゃなかった。でも一番会いたい人じゃなきゃ意味がなくて、振り切るようにして、家まで帰ってきた。

電話は鳴らない。

来週後半あたりに連絡すると言ったことを、彼は憶えているだろうか。わかった、と軽く響くように答えながら、わたしはハッキリ記憶していた。だから水曜くらいからはもう落ち着かなかった。後半っていつだろう。金曜は明らかに後半だろう。でも連絡するというのは、しっかりとした約束でも契約でもない。

やっぱり恋人と会っているのかもしれない。

彼に綺麗な恋人がいるのはずっと前から知っていて、だからどうにかなることはないと思っていたのに、いつのまにか二人でこっそり会う関係になっていた。会おうと言うのは向こうのほうで、わたしはそれに返事をするだけ。もっとも、断ったことなんてない。

彼はわたしがこんなに彼を好きだとは知らなくて、それは最大の秘密だ。こんなに彼のことばかり思っていて、こんなに彼に会いたいと思っていて、何も手につかなくなるような女のことを、彼は重たいと思うに違いないから。

いつもなら家に着くなり、メイクを落として服を着替えるのに、今日はそうしないのは、たった今彼から連絡が来ても、すぐに出かけられるようにしておきたいからだ。

食事に誘われるかもしれないから、まだごはんも食べていない。いずれにしても食欲がわかない。携帯電話が圏外になっていないかばかりを確かめてしまう。ここにいて、誰かからのメールや着信が届かなかったことなんてないはずなのに。

自分の部屋なのに落ち着かず、ただ座って、手元をぼんやり見ているうちに、人差し指のネイルが剝《は》がれかけていることに気づいた。

慌てて道具を引っ張り出し、除光液で人差し指のネイルをぬぐう。つんとする匂い。白いベースコートを塗る。乾ききっていないうちから、今ぬぐったばかりのものと同じ、薄紫のネイルを重ねる。前に友だちが海外旅行のおみやげでくれたものだ。塗りやすいし、あらかじめラメがまじっているので、ムラがわかりにくくて、自分でも綺麗な仕上がりになるので気に入っている。

「いつも綺麗だよね、爪」

このあいだ会ったときの彼が、わたしの手を取って見つめながら、そうつぶやいたことに、さして意味なんてなかったのかもしれない。いや、きっとなかったのだ。けれど。

塗り終えたトップコートまですっかり乾いて、指が自由に動かせるようになっても、電話は鳴らない。

悲しみはわたしの中に残るだろう
白い置物みたいになって

わたしたちは白いウシのカフェで待ち合わせた。

カフェは本当はスプーンという名前だ。でも正確な店名を呼ぶことは今となってはほとんどない。わたしたちのあいだで、そのカフェの呼び名が変わったのは、レジの横に小さな白いウシの置物があることに気づいてからだ。本当はウシじゃないのかもしれない。ブタのようにも見えるし、別の架空の動物ってこともありうる。でもわたしたちにとってここは、白いウシのカフェとして存在している。二人にだけ通じる呼び名。

話があるんだ、と淳くんが言ってきた「話」の内容は、聞く前から見当がついていた。目の前でアイスコーヒーを飲む彼が、なかなか話を切り出さないことによって、予感は強固なものに変わっていく。それでも確信しきれないまま、わたしはどうでもいい話を続けて、彼も曖昧な返答を繰り返した。

トイレに立った淳くんが、テーブルに携帯電話を残していったのを、もしかしたらわざとなのかもしれないと思いながら、それでも見た。彼の携帯電話を見るのは二度目だった。パスワードも知っている。

受信メールではなく、送信メールを見た。最新のものはひどく短い文章だった。

【今から別れてくるよ】

もう他のメールをチェックする必要はなかった。そもそも一通だって覗き見たいわけじゃなかったのだ。携帯電話を元の位置に戻して、淳くんが戻ってくるのをただ待った。

彼が座るなり、言った。

「あの、わたしのほうも実は話があるの」

驚いた顔の彼に、続けて言った。

「会社で好きな人ができたの。三つ上の先輩なんだけど。だからもう、淳くんとは付き合えない」

彼の表情が、みるみる険しいものになっていく。泣き出しそう。でもどこかに安心が宿っているような気がするのは、わたしの見間違いなんだろうか。

「じゃあ別れたいってこと？」

ゆっくりと口を開いた淳くんに、ごめんなさい、と言って頭を下げた。テーブルを見ているほうがラクだった。今わたしの頭頂部を目にしているはずの淳くんは、どんな表情をしているんだろう。

「わかった」

彼の言葉を合図のようにして、わたしは顔をあげた。けれどやっぱり、淳くんの顔は見られなくって、アイスコーヒーが残る彼のグラスを見ていた。淳くんの話はいいの？　と聞きかけたけど、もしかすると彼は、自分が話してないことすら気づいていないのかもしれないと思い、やめた。

彼は無言になって、立ち上がり、席をあとにした。

きっと今から、新しい彼女のところに行くのだろう。別れてきたよ、と伝えに。新しい彼女のことをわたしは知っている。サークルで一緒だった子だ。淳くんと同じ学年だから、まだ大学四年生。

淳くんは伝票を持っていったようだから、今ごろレジで会計をしているのかもしれない。白いウシの置物を見て、何か思っているだろうか。

嘘をついたわたしは、ロイヤルミルクティーを飲む。もう味はわからなかった。きっとこれでいいのだ、と自分に言い聞かせる。涙は出ない。帰ったら泣いてしまうかどうかも、まだわからない。

余るかもしれない黄緑のスープ
味を伝える相手もいない

歩いて十五分くらいの場所に、新しくオープンしたスーパーは、さほど広くなかった。むしろ狭いと言ってもいいくらい。深夜十二時まで営業するらしいから、その点はすごく便利だ。

開店特価と赤い字で書かれているポップの付いた、安売りされている納豆だけを買って帰るつもりだったのに、冷凍コーナーのある商品に目が留まった。それにもやっぱり、開店特価というポップが付いている。

冷凍グリーンピース。

思わず立ち止まってしまったみたいだ。カゴが置かれたワゴンを押した女性が、前から近づいてきて、ちょっとだけ迷惑そうにされた。すみません、と小さな声で言い、慌ててどいた。

わたしは冷凍グリーンピースの袋を一つ、乱暴に手に取った。ひんやりとしている。頭のどこかでは、本当に買うのか、という問いが生まれ、また別のどこかでは、玉ねぎとバターとコンソメはあるから、あとは生クリームと牛乳、という冷静な計算が働いている。足は勝手に動きはじめていた。

スーパーからマンションまでの道のりでも、帰ってきてからも、わたしの頭の中はポタージュのことで満ちていて、そんな状態もうっとうしく、いっそ作ってしまおうと決めた。もう夕食は済ませて、お腹はちっともすいていないのに。

玉ねぎをみじん切りにする。

切りはじめると、自然と声が浮かんでくる。るりのみじん切りは大きいからみじんじゃないよなー、とか。玉ねぎはよく冷やしておいたのを切れば涙が出ないんだよ、とか。あんなにすっかり忘れて暮らしていたはずなのに。

カフェバーで働いていた彼は、料理がとても上手で、わたしのたくさんあった好き嫌いを、どんどんなくしていってくれた。グリーンピースもそうだ。青くさくって、料理にまざっているのもイヤだと思っていたので、ポタージュを作ると彼が言い出したときには、本気で抵抗した。

絶対飲まないからね、と言っていたのに、少しだけ口にして、甘さと濃厚さに驚いた。わたしが今まで知っていたものとは、別の食べ物みたいに思えた。ただ、さんざんいやがった手前、素直においしさを認めるのも具合が悪く、あやふやな応答をした。彼は全部わかっていたみたいで、そんなわたしを見ながら、ニヤニヤしていた記憶がある。

彼はいつか自分のお店を出すのが夢だった。そのときはわたしも手伝うね、と話していた。るりには料理じゃなくて接客やってもらうよ、となぜか得意げな彼の様子がくやしかった。今もまだ同じ夢を持っているのかはわからない。もしかしたら本当に、自分のお店を始めているという可能性だってある。実現していたとしても、わたしには、そこに行く機会も、ましてや手伝いをする機会も、この先訪れないだろう。

バターと一緒に炒めた玉ねぎが透き通ってきたら、コンソメと水を足す。それがわいたら冷凍のグリーンピース。ゆですぎると色が悪くなる、というのも、もちろん彼に聞いたことだ。

冷めた液体を、ミキサーにかけてペーストにする。めったに使わないミキサーは、やけに騒がしい音を立てる。目の前で、黄緑色の液体が完成する。

あとは牛乳と生クリームで伸ばすだけだ。鍋に戻したときに、ミキサーに余った黄緑色の液体を指でなめてみる。

青くさいばかりで、ちっともおいしくない。

冷凍だからだろうか、玉ねぎもあのときのように新玉ねぎじゃないし、と考えを巡らせて、わたしはふと気づく。誰と食べるかも重要だったのかもしれない、と。

気づいたところでどうにもならない。ポタージュにもなりきれない液体が入った鍋を見つめながら、わたしは過ぎたことばかり思ってしまう。

洗うたび薄れるグレー
あなたへの気持ちは今も残ってるのに

飲んでいて終電を逃したから泊めてほしいと、女友だちから連絡をもらった。明日は休みだし、部屋もそれほど散らかっているわけではないから、いいよ、と返信した。三十分もしないうちに、お酒で顔を赤くした女友だちがやって来る。

「これ、おみやげー」

差し出してきたコンビニの袋には、缶チューハイや缶ビール、数種類のおつまみなんかが入っている。

「まだ飲みたいってこと?」

小さく笑いながら訊ねると、あはは、と笑っている。結構酔っているのかもしれない。見たいわけでもないのにつけていたテレビでは、俳優が思い出の地だというアメリカを訪れていて、それを見た女友だちが、あーこの人好きー、と嬉しそうな声をあげる。

買ってきてもらった缶ビールを二つ並べる。

「グラスはいる?」

「いらないいらない」

答えながら、もう開けて飲みはじめている。立ち上がっていたわたしも、合わせて缶を開け、そのまま乾杯をした。口の中に広がっていく苦味。

残りの飲み物を一旦冷蔵庫に入れ、チーズと柿の種の封を開けた。なぜあるのかも憶えていないけれど、台所にあったスナック菓子も。

部屋で誰かと二人でビールを飲むなんて久しぶりだ。具体的にいつなのかは考えないようにする。誰かが誰なのかは、もちろんはっきりとわかっているから。

女友だちと会うのは一ヶ月ぶりくらいだろうか。会わなかった間の近況報告を交わしていると、あっというまに二時間ほどが経った。テレビはとっくに俳優のアメリカ訪問を終えて、グラビアアイドルによるお菓子の紹介になっている。

「眠くなってきたかも」

三缶目を飲みながら、女友だちは言い、わたしも同意した。

「何か着るもの貸して」

言われて、部屋の隅に置いてあるチェストを開く。着やすいTシャツとショートパンツでいいだろうか。

キャミソールの下にあるグレーが目に入り、あ、とわたしは心の中で思う。そのままチェストから外に出した。

フロント部分に白く細いラインでギターが描かれている、グレーのTシャツ。以前はもっと濃いグレーだった。ところどころ褪《あ》せたようになっているのは、幾度となく洗濯を繰り返してきたからだ。ギター部分も、よく見ると、ラインが途切れているようなところがある。

友だちに渡そうと一瞬考えたのに、次の瞬間、別のTシャツを出していた。それから別の段に入れてあるショートパンツを。

「これでよかったら着ていいよ」

「わーい、ありがとう」

無邪気に受け取る女友だちは、当然のことながら、わたしが持ったままになっているほうの、グレーのTシャツについては触れてこない。メンズものだということにも気づいていないだろう。気づいたところで、何も思わないかもしれない。

別れるときに、持ち物は全部返したつもりだったのに、一枚、このグレーのTシャツだけが残っていた。以来、時々着るようになった。そのたびに、これを着ていたときの彼の表情や発言や行動を思い出す。そして思い知らされる。まだ彼のことを好きで仕方ない自分を。

大人って臆病だよね
あの夜のことを知ってる茶色い靴下

今カラオケにいるからおいでよ、と言われて、最初に頭をよぎったのは、そこに彼がいるのかどうかということだった。電話の向こうでは騒がしい、いくつもの声がしている。彼の声を聞き分けようとしたけれど、それは無理だった。

いたら困るし、いなかったら寂しいけど困りはしないから、いないほうがいいのだろうと思いながらも、結局行った。ドアを開けた瞬間に、彼とバッチリ目が合った。よりによってそんなに奥の席にいなくてもいいのに、と思ったけど、手前の席にいても、同じように最初に見つけていたのかもしれない。

おおー、というみんなの声に合わせるように、彼もまた、お、と声をあげてわたしを迎えてくれたけど、表情は無邪気なものではなくって、わたしが困ってるより、この人のほうがよっぽど困ってるんだなと知る。手前の席に座ったけど、彼のほうばかりが気になってしまって仕方ない。

わたしと彼はずっと友だちで、多分これからも友だちだ。こうしてみんなで集まって、楽しく飲んで、騒ぐ時間を重ねてきた。

でもこの間、セックスしてしまった。彼は酔った勢いのように、アクシデントのように、思っているだろう。だからわたしだってそんなふうに振る舞っているけれど、わたしは彼のことが好きだったから、内心はまるで違う。

お互いに恋人もいないんだから、付き合っちゃえばいいのに、とわたしは思う。でもきっとそう思っているのはわたしだけだ。彼がそのあとで何事もなかったようにしているのは、わたしと恋人として付き合っていこうという気持ちはないからだろう。はっきりと確かめて、みすみす傷つくような真似はしたくない。大人なんだから。

タバコの匂いが満ちた狭い空間の中で、途中参加のわたしは、勢いよくお酒を飲み、友だちの歌に合わせてはしゃぐ。彼がどんなふうにわたしを見ているのかを、なるべく考えないようにしながら。それでも右半身でものすごく意識しながら。

不自然にならないよう、彼が歌っているタイミングを狙って、表情を見る。彼はモニターを見ているので、こちらには気づいていないようだ。ただそれも、気づいていないふりをしているのだと言われたら、そうかもしれない。

あの夜、二人きりで会っていた時間の彼は、今こうしてみんなでいるときの彼と、当然ながら同一人物なのに、違う人みたいに思える。声も表情も何気ないしぐさも。どちらのことも、ものすごく愛おしく感じられることには、蓋《ふた》をしておく。

「よーし、みんな飛べー」

一人の男友だちが言い、イントロが流れ出す。カラオケに来たら、絶対に誰かが歌う曲だ。みんなが、まじかよ、このタイミングでー、と文句を言いながらも、靴を脱いで安っぽい革のソファの上に立つ。ソファの上で飛ぶのが決まりになっているのだ。

ふっと彼のほうを見た。彼はわたしを見てはいなかった。ゆっくりと視線をおろしたとき、彼の足元が気になった。

茶色い靴下。つま先部分に、三本の白いラインがボーダー状に入っている。

この間履いていたのと一緒だ。

よく憶えているのは、あの夜、緊張して、彼の足元ばかり見ていたからだ。同じ靴下なのに、今日はこんなにも遠い。わたしはまた、視線を戻した。

おろしたてのクリーム色が揺れている
中の心も一緒になって

買ったばかりのクリーム色のシフォンブラウスは、黒っぽいものだらけのクローゼットの中で、やけに居心地が悪そうに、馴染めない様子で存在していた。

きっと最後になるのだろうと知っていたから、買ったし、着ていくことにしたのだ。

服装の好みも、食べ物の好みも、テレビ番組の好みも、音楽の好みも、とにかく趣味が分かれるものに関しては、まるで合わないと言ってよかった。パンツルックが多いわたしに、たまにはスカートでも穿《は》いたらいいのに、と彼は言いつづけていたし、時々見に行く彼のDJプレイ姿に、もっと盛り上がる曲をかければいいのに、とわたしは思いつづけていた。

それでもずっと好きだった。

一見怖そうな印象を与えてしまう顔も、身長を実際より低く見せてしまう猫背姿も、骨ばった手の感触も、どこかくぐもった声も、唇を片方の端だけ上げるゆがんだ笑い方も、どれも唯一無二の愛しいものたちだった。

「部屋に置きっぱなしのもの、送るね」

「なんかあったっけ」

「Tシャツとか、ワックスとか、下着とか」

「あー。捨ててくれてもいいけど」

「でももったいないし、あれば使うでしょう」

お互い淡々と話しているので、自分たちじゃなくて、誰か別の人のことみたいだ。

カフェには他にも何組かの客がいる。わたしたちはカップルに見えるだろう。日常のことを、普通に話し合っている、一般的なカップルに。

やっぱり合わない気がする、と言い出したのは彼のほうで、そんなのわかってたよ、とわたしは思ったけど言わなかった。

合わないよ。合わないけど、一緒にいたいと思ってたし、一緒にいるために頑張っていたんだよ。

そんなふうに素直に口に出すことのできる女だったなら、また何か変わっていたのだろうか。でもそれが意味のない想像でしかないのを、わたしは知っている。もう仕方ないことなのだ。

コーヒーを飲む彼が、どこか居心地悪そうにしながらも、わたしに質問してきた。

「来週のイベント行く？　トモヤの」

「うーん、平日なんだよね。仕事厳しいかも。まだわからないな」

本当はわからなくない。行かないと決めている。

彼はこれからも友だちでいようとしているし、わたしが同じように考えていると思っているだろう。まるで違うのに。しばらくは彼が行きそうな場所には行かないつもりでいる。会ったらつらくなるから。きっと何かを言いたくなったり、特別な何かを探したり、見つけてほしくなったりするだろうから。

　今日のわたしの服装の変化について気づいていないのか、少なくとも口にすることなく、目の前の人はコーヒーを飲む。もう話すことがないとしても、まだいてほしいと思っているわたしの心境なんて、絶対に伝わっているはずがなかった。

よく似合うパステルピンク
幸せの象徴みたいに彼女は笑う

「それでは、大変長らくお待たせいたしました。おめしかえをされたお二人の、ご入場でございます。扉のほうをご覧ください」

司会者の言葉に従い、視線を扉へとうつす。扉が開けられた瞬間、会場のいたるところから声がわく。そして拍手。

結婚式は新郎ではなく、新婦のためのものなのだなと、いたるところで意識する。友人である新郎ではなくて、思わず新婦を見つめてしまう自分の視線によっても。

可愛らしいドレスだ。パステルピンクというのだろうか。よく目にするピンクよりも、淡くて、けれど明るい。髪もさっきまでのアップから、ハーフアップに変わっていて、花の飾りも付けられているせいか、さっきよりも幼く見える。

キャンドルサービスで回ってきた二人に、同じテーブルの友人たちが声をかけていく。

「おめでとうー」

「カナさん、めちゃめちゃ綺麗だね。ほんとにこいつでいいの？」

「そうそう、考え直すなら今だよ」

「お前ら何言ってんだよー」

言い返す新郎に対して、新婦であるカナさんは、ただ小さく笑っている。今日一日、彼女の微笑む顔しか見ていない。

わたしたちのテーブルのキャンドルを点け、また次のテーブルへと移動していく二人の後ろ姿を見ながら、わたしがこの子であった可能性もあるんだろうか、と考えてみる。

もう十年以上前のことだ。新郎である男友だちに告白されたのは、わたしたちが高校二年生のときだった。他に好きな人がいたわたしは、断ったのだけれど、彼のことが嫌いではなかった。むしろ、告白されたことで、気になる存在になっていった。

でもわたしたちは、そのあとも仲の良い友だちのままで、結局付き合うことはなかった。だから、まったくもって、意味のないシミュレーションなのだ。付き合ってもいない人との結婚を考えてみるなんて。

それでもこんなふうに、自分じゃない誰かの人生を、自分の人生に置き換えることが増えた。二十五歳を過ぎたあたりからだろうか。ここに立っていたのは自分かもしれないとか、ここで笑っていたのは自分かもしれないとか、気がつくと入れ換えていたりする。

対象は今日のように、幸福な相手とは限らない。仕事で失敗をした先輩に対して思うこともあるし、夫婦仲が冷め切った様子の両親に対して思うこともある。

いくら考えたって無意味だし、時間の無駄でしかない。結局は、自分の人生を歩いていくしかないのだから。ただ、頭でわかっていても、簡単に受け入れられるわけじゃない。

いつかわたしにも、あんなふうに、みんなの注目を浴びながら、綺麗な色のドレスを着て微笑む日が来るのだろうか。

そこまで考えて、もうとっくに大人と呼ばれる年齢になったのに、夢見がちなことを思っている自分に苦笑しそうになる。

結婚おめでとう。キャンドルサービスを続ける、恋人にならなかった男友だちの背中に向かって、心の中でつぶやいてみる。

わたしには選べなかった人生を あらわすようなボルドーの靴

母親と二人で出かけるのは久しぶりのことだ。

そもそも実家に帰るのを、なんとなく避けていた。喧嘩をしたわけではないけれど、帰ってもいいことはない気がして。電車で一時間半ほどという、中途半端な距離も問題なのかもしれない。ふっと立ち寄るほどには近くないし、長期休みに予定を合わせて行くほど遠いわけでもない。

最近習いはじめたタップダンスのためのシューズが欲しいから、買い物に付き合ってほしいというリクエストを、断るという選択肢はわたしにはなかった。高校生のときだったら、いやだよそんなの、と突っぱねることもできただろう。けれど、二十代も半ばを過ぎると、親と喧嘩をするのも面倒くさいし、なかなか帰っていない罪悪感もある。落ち込まれてしまうのも厄介だ。

そんなふうにして、実家の最寄りのショッピングセンターにあるダンス用品専門店に、初めて入ることとなった。存在していることすら初めて知ったくらいだ。

付き合ってほしいというくらいだから、どっちの色がいいとか、どういうのがいいとか、いろいろ相談されるのかと思いきや、予想外にも母親は、並んでいたタップシューズの中から、一つを手に取ると、店員さんにサイズの有無を訊ねた。ためらいなんてまるでなかった。最初から決まっていたみたいだった。

「どう？」

ボルドーのタップシューズを履いた母は、座ったまま、わたしに訊ねた。

「いいんじゃない」

わたしはそう答えたけれど、多分どの色であっても、別の形であっても、答えは変わらなかった。似合っているか似合っていないのかも、よくわからない。

タップダンスの教室に行っているという話は電話で聞いていたものの、ダンスを踊る母は、あまりイメージできなかったし、実際にタップシューズを履いている姿を目にしても、それは同じだ。

立ち上がった母は、鏡を見ながら、小さく何度か頷いた。満足さをあらわしているみたいに見えた。結局、母は他のものを試すことなく、それを購入した。

シューズの入った紙袋を持った母が、どこかでお茶を飲みたいと言い出したので、そのまま近くにあるカフェに入った。

運ばれてきたレモンティーを一口飲むと、すっぱい、と言って母は顔をしかめた。

「そりゃあすっぱいでしょ」

わたしは笑った。

母も笑ってから、真剣な顔になって、あのね、と話を切り出した。

「離婚しようかと考えてるの、実は」

母の視線は、ソーサーあたりに注がれていた。

離婚、という単語の重さに、一瞬なんて答えていいかわからなくなる。一方では、頭のどこかで、本当は買い物が目的じゃなくて、これを話したかったんだな、と奇妙に納得する気持ちが生まれた。

母の隣の席に置かれた紙袋に目をやった。さっき買ったばかりのボルドーのタップシューズ。タップダンスをやる母なんて想像できなかったけれど、もしかすると、わたしは母のことを全然わかっていないだけなのかもしれない、と気づく。一緒に暮らしてきた時間の長さだけで、知ったようなつもりになっていたけれど、本当はちっとも、知らないのかもしれない。母親という生き物のように思っていたけれど、そうじゃないのだ。

わたしは、別れたばかりの彼の顔を思い出した。結婚まで考えていた彼と、別れてしまったことを、まだ両親には言えていなかった。結婚していないわたし。離婚しようとしている母。

「そうなんだ」

わたしは答えた。自分の声じゃないみたいに聞こえた。

わたしのじゃない紺色の思い出を
きっとわたしは消せないだろう

送別会をやろうという誰かの提案に対して、あんまり大げさなものは恥ずかしいからやめてくれ、とかたくなに相馬は言いつづけたので、結局は普段どおりの飲み会という感じになった。ただ、めったに顔を出さないメンバーも、今日は出席していたりするので、いつもより人が多い。向かいの席を確保できたのはラッキーだった。

でもこれは最後のラッキーかもしれない。

トイレに立った相馬が、こちらに戻ってくるときに、座っているときには見えなかったシャツの裾に気づいたので言った。

「そのシャツ、裾にネイビーのラインが入ってるんだね。可愛い」

座った相馬は、わたしの言葉に、ああこれ？　とシャツをめくるようにする。

「ほんとだー、可愛いね」

隣にいた女友だちもそう言う。相馬は、ありがとう、と言ってから、いきなり小さく笑った。だから訊ねた。

「どうしたの」

「思い出しちゃって」

「何を？」

「いや、しょうもないことなんだけど」

しょうもないことなんてないよ、と思ったことは、心の中にとどめておく。話の続きを待った。

「中学時代、おれ、英語がめちゃくちゃ苦手で。英語の先生に何か質問されたときに、『多分』って答えようとして、『ネイビー』って言ったら、一瞬先生が黙ってから、『ネイビーは海軍って意味ですよ』って冷静に突っ込んできて。おれが言いたかったのはメイビーだって、その瞬間に気づいた。クラス中で笑いが起きたよ」

わたしたちは笑った。可愛らしいエピソードだ。

「ネイビーって紺ってことじゃないんだね」

「海軍の色から来てるんじゃない？」

「英語だったら、ネイビーブルー、って言うんじゃないかな」

「へえ、日本だと、ネイビーだけで紺って意味だよね」

みんなで好き勝手に話し合っていると、一人がふと気づいたように、ぽつりと言った。

「でも、すごいね、相馬。そんなに英語できなかったのに、今やアメリカ生活を控えたビジネスマンだもんね」

「それほど大したもんじゃないよ」

謙遜《けんそん》する相馬の表情は、けれどどこか自信と明るさに満ちているように見える。

英語、苦手なままだったらよかったのに。

わたしは見たこともない中学時代の相馬を、勝手に恋しく思う。そのときと同じように、英語が全然できないままだったら、アメリカに転勤するなんて話も出なかっただろう。そうすれば時々こうしてみんなで会って飲める。酔っぱらったはずみや、相馬に気まぐれが訪れて、いつか付き合うようなこともできるかもしれない。アメリカに行ってしまっては、こうして他愛もない話をしたり、表情を窺ったりすることもできなくなってしまう。そんなの、考えたくないくらい寂しい。

「アメリカ、遊びに行くわ」

「ほんと来てよ。知り合いいないし、心細いもん」

友だちの言葉に、相馬はそんなことを言う。心細いなら行くのやめちゃいなよ、とわたしは思うけど、やっぱり言葉にできるはずはなかった。

紫の靴じゃ魔法はかからない
会いたい人のいない真夜中

二人で会うのを、ずっと楽しみにしていた。

友だちが主催する飲み会で、初めて見かけたときから、素敵な雰囲気の人だなと思っていたのだ。男友だちと笑っている姿が可愛らしかった。

そのあと連絡先を交換して、飲みに行くことが決まった瞬間には一人、部屋でにやついてしまった。

何を着ていこうか。どんな話をしようか。想像で時間はあっというまに過ぎていった。今日のことを思うと、仕事もいつもよりはかどるようだった。

ずっと昨日の夜の気持ちのままでいられたほうが、幸せだったかもしれないな。

さっきから、同じ思考が頭の中を飽きもせずに巡っていた。居酒屋にいるときから、電車に乗っても、こうして最寄り駅から自室に向かっていても。

昨日の夜は、あらゆる洋服をクローゼットから引っ張り出して、いろんな組み合わせを試していた。完全に納得した組み合わせができたわけじゃないけれど、何時間でも悩んでしまいそうで、妥協の末に、それでも自分としては珍しく、きちんとした服装を選んだつもりだった。

彼が今夜のわたしの服装を見て、何を思ったのかは、まるで知らない。そんな話題にはならなかったから。

飲みはじめてすぐに、彼が口にしたのは、噂話と悪口だった。わたしにとっては飲み会で見かけて軽く話しただけの存在の、彼にとっては男友だちだと思っていた男性の。

初めて二人で飲むわたしにまで話すなんて、よっぽど頭に来ることがあったのかと思いきや、彼から出る話は、怒りのツボもよくわからないようなものばかりで、話している彼自身、別に憤慨《ふんがい》しているというわけでもなさそうだった。

彼は、根拠のない噂話や、無責任な悪口が単に好きなのだ。少なくともわたしにはそんなふうに見えた。意識してからは、彼の声が、ノイズみたいに感じられてきた。

ずっと足が痛んでいる。ようやくたどり着いた自室の玄関で靴を脱ぐと、爽快感があった。今夜履いていた紫の靴。この間の日曜日、デパートで買ったものだ。値段もヒールも少し高めで、かなり悩んだけど、せっかく二人で会うのだし、と自分に言い聞かせるようにして、購入に踏み切ったのだった。

ジャケットよりも先に、ストッキングを脱いで、目で確認すると、かかとに靴ずれができていた。皮がむけて、血がにじんでいる。どうりで痛みがあるはずだ。

ばんそうこうを探さなきゃと思いながらも、着替えもせずにソファに座る。両腕を思いきり伸ばすと、固まった疲れが少しだけほぐれていくような気がした。

好きだったのにな、と思ってから、でも本当に好きだったら、こんなに簡単に冷めないのかもしれない、と思い直す。

好きな人が欲しかったんだ。きっと。

結構飲んだのに、まだ喉が渇いている。駅から歩いてきたせいだろうか。冷蔵庫にお茶を取りにいって、ついでにばんそうこうを持ってこようと思うのに、身体が重たい。ソファにどんどん沈み込んでしまいそうな感覚。

会いたい人がいなくて寂しい。会いたい人に会えない寂しさというのもあるだろうと思うけれど、今となってはうまく思い出せない。居酒屋でのさっきまでの時間すら、既に遠くなりはじめている。一人が馴染んだ部屋で。

金色のアクセサリーを身につけて金色の日々を目指して歩く

高校卒業から八年付き合った彼氏と、相手の浮気が理由で別れることになるというのは、悲しみよりも驚きが勝るものだと知った。でもこんなの、一生知らずにいられたほうが幸せだった。

それでも、しばらく驚きが続いたあとには、案の定悲しみが訪れた。絶対に埋められないと思える寂しさも。多分、彼のところに、自分の一部分を置いてきてしまったのだろうと思えるほどの痛みと喪失感。

部屋に置いてあった彼の荷物は、段ボール一つじゃおさまらなかった。受け取りに行くと言われたけれど、部屋で会って顔を見たりしたら、やっぱりまだ別れられないと思ってしまいそうで怖かった。だから二箱を抱えて、夜中に必死にコンビニまで運んで送った。届いた、というメールは来なかった。来なくて安心する一方、もう本当に他人になってしまったのだということには、やっぱり信じられない思いがした。

だって、あんなに一緒にいたのだ。ごはんを食べたり、テレビを見たり、旅行したり、キスしたり、電車に乗ったり、買い物をしたり。それらを思い出という言葉で片付けてしまえるほど、記憶は薄くなっていなかったし、感情はごまかせそうになかった。

引っ越したほうがいいよ、と言ってくれたのは友だちだ。ネットで調べたという物件情報までプリントアウトして、わたしを引きずるようにして不動産屋まで同行してくれた。

引っ越しなんて思いもよらなかったけれど、考えてみると、忙しさというのは救いだった。何も考えないでやれることがあるのは幸せだ。次の住居が決まっていないうちから、仕事から帰ってくると、すぐに使わないようなものを段ボールに入れていく作業を続けた。同じ作業でも、彼の荷物を送るよりはずっと、未来に向かっている行動のような気がした。

友だちは、不動産屋に連れて行ってくれただけでなく、何かと連絡をくれるようになっていた。食事に行ったり、飲みに行ったり。おかげで別れて数週間のうちに、彼といたときよりも、わたしはお酒が強くなってしまった。

友だちが可愛いせいか、バーや居酒屋で飲んでいると、男の人たちに時々声をかけられた。雰囲気や流れによっては、一緒に飲むこともあった。そのたびに、彼以外に男の人がたくさんいることよりも、彼と同じ人は一人としていないのだということを、強く思い知らされた。どんなに楽しく飲んでいても、おもしろい話に笑っても、ふとした瞬間に、彼の不在が影を落とした。

ゴールドのネックレスも、そんなふうに友だちに誘われて出かけたカフェで出会ったものだ。雑貨も置いてあるカフェの一角。テーブルに置かれていたそのネックレスは、店員の説明によると、若いデザイナーの手作りで、どれも一点ものだということだった。布製の小さな花が付けられている。

その日は段ボールだらけの部屋に帰っても、買わなかったネックレスが、頭の片隅から離れなかった。

持っていたアクセサリーは、最近捨てたばかりだった。ほとんどが彼からのプレゼントだったからだ。誕生日、クリスマス、記念日、ホワイトデー。わたしよりも記念日にこだわっていた彼を、女子っぽいね、と茶化して笑っていた日々。

翌日の会社帰りに、カフェに行き、ネックレスを買った。会社が終わってから、わざわざ一人でどこかに出かけるのなんて、今まではほとんどないことだった。

店を出たときに空腹を意識した。今日はこれからどこかでおいしいごはんを食べて、一つ手前の駅で降りて、ゆっくり歩いて帰ろうと思った。夜空には、金色の月が浮かんでいる。

抱えてる感情がわたしを責める
いびつで残酷で不確かな

待ち合わせ場所である駅の改札前に到着したのは、案の定、わたしのほうが先だった。

これからやって来るそうくんに、どんな言葉をかけるのが適切かをシミュレーションしていると、後ろから肩を叩かれたので、驚きで体がびくっと揺れた。

振り向くと、そこには笑みを浮かべて立っているそうくんがいた。なんとなくいつもより緊張して見えるけれど、それはわたしが緊張しているせいかもしれない。

「そんなに驚かれると思わなかった」

そう言いながら改札に向かう彼の後ろ姿が、別人のようにも見える。着ている紺のダウンジャケットは、初めて見るものだ。

「ねえ、遅れて来たんだから、謝罪くらいしなよー」

わざと乱暴な言葉を、背中に向かって投げた。わたしは今、ちゃんと話せているんだろうか。

「法学部の人は、すぐに謝罪とか言い出すよね」

「いや、法学部は関係ないって。あとでなんかおごってね」

「えー。真由ちゃんってばこわーい」

なんだか必要以上に明るく振る舞っているみたいな気がした。ホームに並んで、やって来る電車を待つ。

電車に乗りこんでもなお、わたしたちはしゃべっていた。共通科目『言語と社会』の教授の口癖について。そうくんのバイト先であるカラオケボックスに現れる変な客について。わたしのバイト先であるカフェの意地悪な先輩について。沈黙を怖がるかのように話しつづけ、笑いつづけるわたしたちは、けれどルールであるかのように、ある人の名前は絶対に出さなくて、それがかえって、彼女の存在を意識させつづけた。

とうとう名前を出したのは、彼のほうだった。目当ての中国茶をあっというまに購入し終えて、どうしようか、と言ったわたしに、そうくんは答えたのだ。

「さくらにおみやげ買ってっていい？　パンダのなんか」

名前を聞いた瞬間、胸が苦しくなった。でも、じゃあ帰ろう、と言われなかったことに、安心もしていた。

適当に入ったお店の中で、溢れかえるようなパンダグッズを目にした瞬間、そうくんは言った。

「ねえ、これ、あいつ好きそうじゃない？」

彼の手には、中国風の曲を鳴らしながら、電池で動くパンダのおもちゃがあった。

ほんとだね、と大きくうなずいたわたしもまた、近くに飾られていたパンダのキーホルダーを手にとって、これも好きそうだよ、と言った。

それが合図だったみたいに、わたしたちはあらゆる商品を手にとって、騒ぎ出した。

これは絶対、さくらの好きなタイプのパンダだよ。

あ、これ、さくらの部屋で見た気がする。

これはさくらに言わせると「ダメパンダ」だろうな。

もう、このお店ごとさくらにプレゼントしたいよね。

パンダが好きで、パンダグッズを集めているさくらへのおみやげは、結局パンダの写真付き卓上カレンダーになった。

そうくんが会計を済ませている間、さくらから、宗司と付き合うことになったんだ、と打ち明けられた日のことを思い出していた。あのときのさくらの笑顔を、はっきりとおぼえている。

さくらはよっぽど、そうくんのことも、わたしのことも信用しているのだろう。自分が行けなくなったからと、引退するサークルの先輩たちに渡す中国茶を、二人で買ってきてとお願いするなんて。

自分自身の気持ちが、ますます汚いものに思えてきてしまう。

店を出ると、わたしたちにはここに留まっている理由が完全になくなった。それなのに、駅の方には向かわずに、ふらふらとあたりを歩いている。わたしが帰ろうよと言わない理由と、そうくんが言わない理由は、同じだろうか。あるいは、それぞれ一人で中国茶を買いに行くと言い出さなかった理由も。同じならいい。いや、同じなら最悪の事態だ。なんか家出みたいだよね、と笑うこともできない。

唐突にそうくんが足を止めたので、なんだろうと思ったら、店頭販売をしている人に、肉まん一つ、と伝えていた。

せいろから出る湯気は、見ているだけでもあたたかそうだ。黙って見ていると、肉まんを手渡された。

「これ、今日の遅刻のお詫びってことで」

別にいいよ、冗談だよ、と言ったけれど、いいよ、と真顔のままで返されたので、受け取った。

見た目どおり、あたたかかった。一口頬ばった。熱い。おいしい、と言うと、俺も一口食べたい、とそうくんが言う。

手渡すと、勢いよく頬ばり、熱っ、と大きめの声をあげた。

思わず笑いながら、再び手渡される肉まんを受け取る。

「ねえ、やっぱもう一口ちょうだい」

「え、お詫びじゃなかったの」

「いや、思いのほかおいしかったから」

肉まんを交互に食べるようにして、楽しげに歩くわたしたちは、すれ違う人からは、カップルにしか見えないだろうと思う。それがいいことなのか悪いことなのかわからない。

手をつないでしまいたい衝動を必死でおさえて、わたしは彼に、残り少なくなった肉まんを渡す。

空想はいつも優しい
それなのに現実のあなたを好きでいる

夏澄はさっきからパソコンで、同じアルバムをリピート再生させていた。

時刻は夕方となり、室内は暗くなりつつあったが、夏澄はカーテンをしめようとも、電気をつけようともしなかった。ただ流れている音楽に耳を傾けていた。

アルバムはかつて、亮大がレンタルショップから借りてきたもので、同じものを夏澄も借り、それをパソコンにダウンロードしていたのだ。実家にあるはずなんだけど見つからなかった、と亮大は言っていた。夏澄は初めて聴くミュージシャンのものだった。

今かかっているのは、アルバムの六曲目だ。この曲は、夏澄が一番好きなものでもあった。亮大は五曲目が一番好きだと言っていて、そっちもとてもいい曲だと思ったが、六曲目はさらに心惹かれた。男が街を作ろうと歌っている内容で、ファンタジーめいてもいるのだが、ラブソングでもある。

六曲目のタイトルと同じ、建設シミュレーションゲームがあることは知っていたが、夏澄はそれをプレイしたことがなかった。おそらくそこから取っているのだろうとはわかったが、プレイしようとも思わなかった。ただ、かつてプレイしたことがあるという亮大から、そのゲームの話を聞くのを好んでいて、何度か同じ話をしてもらった。

うまく消防署や警察署を配置しないと、火災や犯罪が発生してしまい、住民が減ってしまうのだが、施設をいくつも配置していると、今度は予算不足になってしまう。亮大が作り出した架空の街や、そこに住む架空の住民たちを、夏澄は時々想像してみた。

夏澄はずっと、亮大の話を聞くのが好きだった。彼は特別なおもしろさや鋭い視点を持っているというわけではなかったが、ささやかな思い出や現状の一つ一つが、夏澄にとっては新鮮で、興味深いものだった。

亮大はあらゆる話を夏澄にしていたが、彼女のことは話していなかった。夏澄が彼女について知ることとなったのは、本人が電話をかけてきたのが理由だった。見知らぬ電話番号からの着信に、いぶかしがりながらも夏澄が応答すると、亮大とお付き合いしているんですけど、と尖《とが》るような声で彼女はしゃべった。

夏澄はテーブルに置きっぱなしにしている、自分の携帯電話に目をやった。音を消しているわけではないから、鳴らないのは、誰からも連絡が来ていないという状態にほかならなかった。わかっているのに、それがつらかった。

知らない女性からの電話が、どうやらイタズラではないようだと判断したあとも、夏澄は、亮大が否定してくれるのを待っていた。気の迷いだとかそんなようなことを言い、謝ってもらえるものだと信じていた。しかしこの部屋にやって来た亮大は、謝りはしたものの、それは夏澄との関係修復のためではなく、むしろ別れを求めてのものだった。

それは三日前の真夜中の出来事だ。

クリスマスである今日が、土曜日であることで、夏澄は昨夜から期待を捨てきれずにいた。お互いに仕事が休みである今日、亮大が、やっぱり間違っていた、と突然やってくる可能性を思った。そうしてただ、部屋の中で、アルバムを聴きながら待っているのだ。

とっくに曲は変わっていたが、夏澄はまた、六曲目について思い、架空の街を思った。現実の街は、イルミネーションで光り輝き、幸せそうな恋人たちで溢れていることだろう。亮大の作り出した架空の街にも、クリスマスはやってくるのだろうか、と夏澄は考えた。考えても仕方のないことだったが、亮大と電話をかけてきた彼女について考えるよりは、ずっとマシだった。

室内はさらに暗くなっている。冬はあっというまに陽が落ちてしまうのだ。夏澄にまだ立ち上がる様子はない。座ったままで、流れる歌声に耳を傾け、意識を動かしつづけている。

本当の優しさじゃなくてもいいよ
甘やかされたい夜があるから

昔よく会っていた、焼き鳥店のカウンターで、狩野さんを待っている。ここはかつて狩野さんが連れてきてくれた場所で、つくねがおいしいお店として話してくれた。タレが甘すぎないのだ。彼が来たら頼もうと決めている。

狩野さんに会いたくなったのは今日で、彼に似た人を電車で見かけたせいもあるし、会社で理不尽な怒られ方をされたせいもある。弱っているときに、わたしは彼に会いたくなるのだ。

メールしたのは二時間前だ。送らないほうがいいだろうかとも思った末に、結局は自分を甘やかした。なるべく行けるようにするよ、と言ってくれた彼が、確実に来てくれると知っている。

去る者は追わず、来る者は拒まず。彼の基本姿勢であり、おそらく生涯変わらない部分だ。それが長所であるのか短所であるのか、わたしにはわからない。今はこうして恩恵にあずかる立場になっているけれど。

「ごめん、お待たせ」

二杯目のビールを頼もうか、別の飲み物にしようか悩んでいるタイミングで、背後から声がした。振り向くと、スーツ姿の狩野さんは、隣の席に腰かけようとしている。

彼のビールに合わせて、二杯目のビールを注文し、サラダや煮物、いくつかの焼き鳥を頼む。もちろんつくねも。

また食事とらずにお酒だけ飲んでたんだね、とわたしの手元を見て、狩野さんが言う。少しだけ老けたような気もするし、単に疲れているだけのような気もする。会うのは一年ぶりくらいだ。最後に会ったのがいつだったか、メールしたあとに思い出していた。

「枝豆食べてるよ」

そう言い、枝豆の殻入れと化した器を指さすと、枝豆だけじゃ食事じゃないよ、とやんわりと返された。

「ごめんね、遅くなって」

狩野さんが謝る必要なんて何もないのだ。呼び出したのはわたしなのだし。しかも突然。そう伝えたかったが、伝えたところで、彼が謝るのをやめるとも思わなかったので、ううん、ありがとう、とだけ言った。

「ずいぶん久しぶりだなあ」

カウンター越しに受け取ったビールに話しかけるみたいに、狩野さんが言う。

「ごめんね、突然で」

「いや、全然」

大きめのグラスを合わせ、乾杯をした。

きっと彼は既に、わたしがちょっとしたことで弱っていると知っている。でもけして、自分から訊ねたりはしない。ただ相手が話すのを待つのだ。

「仕事忙しいの？」

「まあ、ぼちぼちかな。しずは？」

「まあ、ぼちぼち」

同じ言い方をしながらも、久しぶりに彼に名前を呼ばれる感触を味わう。最近は静香という下の名前で呼ばれることも少なくなっているし、ましてや彼のように、わたしをしずと呼ぶ人にはめったに会わない。会社では苗字でやりとりするのが主だからだ。

狩野さんの気配を右半身で存分に感じ、顔を横目で窺いながら、この人のことをとてつもなく好きだったな、と懐かしく思い出す。まさかこんなふうに平気で呼び出す関係になるとは思わなかった。

一方的に恋をしたので、付き合えることになったときには夢のように思っていたが、彼がけして自分だけのものにならないことが、かえって苦しくなった。彼の周囲には常に複数の女の人の影があった。昔付き合っていたけど、今は友だちだよ、という言い訳を、そのまま呑みこめなかった。共通の知人から、あの人はそういう人だけど本当に浮気とかじゃないよ、となだめられても、口裏合わせにしか感じられなかった。

皮肉なことに、別れた今となっては、それが事実なのだとわかる。彼は別れた女の人たちと縁を切らないが、かといって、手を出そうともしない。相手から迫られたとしても、やんわりと別の方向に話をずらすだろう。

またカウンター越しに、今度は料理が渡される。つくねは他の焼き鳥とは別皿だ。

「このタレがおいしいんだよなあ。甘くなくて」

お皿を手元に置いてから、狩野さんは言う。初めて連れてきてくれたときと同じ言い方だと思い出した。きっと彼は忘れているだろうけれど。

こんなふうに冷静に、彼の言葉を聞ける自分は、年齢を重ねたのだと思った。もうあのときのように、彼に対して泣いたりわめいたりすることはないだろう。それだけではなく、彼に対して胸を高鳴らせたり、反対に胸を痛めたりすることも。その事実に安心すると同時に、どこかで寂しく感じている。

かつてとてつもなく好きだった人が、一本の長いつくねを箸で切るのを見ている。

終わらない夏はないって知っていて
終わりから目をそむけつづける

数ヶ月ぶりにセックスした。壁が薄く、バスタブもない、お湯の出も不安定なホテルで。少し動くとギシギシと音を立ててしまうベッドで。初めて訪れる、特別な思い出もない国で。恋人でもない、名前の漢字も知らない男と。

出会ったのは数時間前だった。

「もしかして日本人？」

巨大な黒い扇風機が回っている、屋台に毛が生えたような食堂で、いきなり話しかけられた。

言葉を出すより先に、頷くと、久しぶりに会ったなー、と言いながら、その男の人はあたしの目の前に座った。座っていいかとかいうことは一切聞かずに。

やってきた、見るからにやる気のない店員が差し出すメニューも見ずに、料理名と今あたしが飲んでいるビール名をつぶやき、お願い、と、英語ではなく現地の言葉で言った。

「なんでこんなとこにいるの？」

そっちこそ、と思いつつ、流れ、と言った。俺と一緒だ、と笑う。男はあたしよりもさらに日に灼《や》けていて、もともとの目鼻立ちがくっきりしているのか、もししゃべらなければ、現地の人だと思ってしまいそうだった。黒いTシャツには、名前を聞いたことのあるイギリスかどこかのバンド名がプリントされていて、知ってる、と言おうと思ったけど、アルバムを一枚聴いたことがある程度の知識だったのでやめた。

三日間過ごしてみて、何もない町だと思っていた。ただただ暑く、道端では犬が寝ていて、何を売っているんだかよくわからない店があって、昼間から中年の男がいたるところで立ち話をしていて、いくつかの宗教施設があって、似たり寄ったりの食堂がある。すぐにでも移動してもよかったのだが、乗り心地の悪い電車やバスを一日がかりで乗り継いで、腰を痛めてまでやってきたので、それもしゃくに思われたのだ。

「何歳なの？」

運ばれてきたビールを飲み、男が言う。訊いておきながら、興味のなさそうな感じがした。

「二十四」

嘘をつくのも面倒で、正直に言う。

「もっと若いかと思った。俺、もう三十」

男がまた笑う。三十。いつか自分もなるとわかっているけど、ずいぶん先に思えるその年齢に、目の前の、大学生みたいに見える男がもうなっているのだと知り、意外だった。

「何日いるの？」

初めてこちらから訊ねてみた。

「えっと、あ、ちょうど一週間だ。今日って金曜だもんな」

曜日感覚はどんどん失われているので、頷くのに時間がかかった。火曜でも金曜でも、何も変わらない。

同じ質問を返されて、三日、と言うと、今までもすれ違ってたのかな、とつぶやかれた。不思議じゃない。こんな小さな町で、他にすることもなく、ただ歩き回っていた。もう顔なじみのおじいさんもおばさんも犬もいる。男にしたって同じだろう。

頼んだ麺料理が運ばれてきて、いただきます、と男は小声で言った。この人はずうっと、一人の食事であっても、いただきますと言いつづけてきたのだろうと思うと、謎の切なさがよぎった。切なさというのとも違うが、他に思い当たる言葉が見つからなかった。

あたしたちはぶつ切りの会話を交わした。一つ訊いて、一つ答える。黙る。一つ訊いて、一つ答える。また黙る。

ものすごく盛り上がった瞬間があるわけでも、心通じた瞬間があるわけでもないのに、どこに泊まってるのかと訊かれて、素直にホテルの名前を告げたのも、見に行っていいかと訊かれて、いいよと言ったのも、我ながら謎だった。

でも部屋に入って、キスした瞬間にわかったのだ。あたしはこの人が好きなのではなく、ただ、この時間を長引かせたいと思っているだけなのだ、と。

日本に戻りたいけど、戻りたくない。ここは夏休みのようなものだ。思考を停止させられる場所。あたしは一秒でも長く、強く、ここにすがりついていたくて、目の前のこの人と触れ合おうとするのだろう。今日初めて会ったばかりの人と。

カーテンが薄いせいで、近くの店の明かりが差しこんでいる。暗くない真夜中。またしても、男があたしの胸に手を伸ばす。

運命はどこにでもある
もし君がそれを運命と呼びたいのなら

運命ってあるんだろうか。

もしあったとしても、それは、必ずしも光り輝くようなものすごいものではなくって、意外と普通の形をしていて、気を抜くと見過ごすようなものなんじゃないのかなって思うのだ。

《ごめん、十分くらい遅れる》

伊東くんから届いたメールに、怒っている人の絵文字だけで返信を済ませた。わたしたちのメール交換は、こんなふうに、必要最低限のやりとりだ。でも最初はこうではなかった。

はじめて伊東くんからメールをもらったのは、飲み会の翌日だった。飲み会というのは名前だけで、いわゆる合コン。酔っぱらって連絡先を交換したのは、完全に勢いだけで、別に伊東くんのことが特別好きとか気にいったとか、そういうわけではなかった。

それでもメールが来たことで、もしかして、と思った。二人きりで飲もうという誘いだったらどうしようと考えながら、文面を確認すると、予想外の内容がそこにはあった。

わたしと一緒に参加していた女友だちと飲みに行きたいんだけど、二人きりだと緊張しちゃうから、よかったらまた改めて四人くらいで飲みましょう、というような内容だった。

あまりの正直さに、怒るというよりも、笑ってしまった。もっとうまいこと言って、曖昧にしておけばいいのに。目当ては女友だちです、とわざわざ宣言する態度は、天然なのか、逆に計算されたものなのか、悩んでしまうほどだった。

絵文字が適度にあしらわれた、色の付いたメールに、わたしは結局、さらに翌日になってから返信をした。待たせようと思ったわけではなくて、単に行くべきかどうか悩んでいたのだ。

伊東くんへの返信を済ませた直後、また携帯電話が鳴って、ずいぶん早い返信だなと思っていると、それは彼ではなく、彼が目当てにしている女友だちからのものだった。

いわく、彼女が気になっているのは、伊東くんではなく、別の男性だとのこと。なので、別の男性を含めた四人での飲み会にはぜひ行きたいが、伊東くんのことをはっきり断ってしまっていいのだろうか、ということが書かれていた。

ドラマみたいだな、とわたしは思った。

別に付き合っているわけではないんだし、飲みに行くのは自由参加でいいと思うよ、ということを返し、そう時間が経たないうちに、飲み会は実現された。

これでもしも、別の男性がわたしのことを好きで、わたしも伊東くんのことを好きになったというのだったなら、四角関係のドラマとしては完全にできあがるのだが、まったくそんなことはなくて、一組のカップルが誕生しそうな瞬間を目の当たりにしただけだった。つまり、別の男性も、女友だちのことを気にいっていたのだ。

おれが送っていくよと言って、別の男性が女友だちとタクシーに乗り込み、遠ざかっていった次の瞬間、伊東くんは身体ごとわたしのほうを向き、真顔になって言った。一瞬前までニコニコ笑って、タクシーに両手を振っていたとは思えないほど、真剣な表情だった。

「まだ飲めますか？」

正直言うと、ちょっとだけ面倒だなと思っていた。伊東くんが話したい内容は、手に取るようにわかっていたから。終電もあるうちに帰りたいな、という思いがよぎった。

思いを察知したみたいに、伊東くんは言った。

「帰りのタクシー代なら出すし、次の店ももちろんおごるし、お願いします」

気迫に負け、割り勘でもいいよ、と答えていた。

運命というものがあるんだとしたら、果たして、どの瞬間に動き出していたのだろうと、あの夜のことを思い出すたびに考える。たとえばあの飲み会で、女友だちが伊東くんに心揺れる瞬間だってありえたのかもしれないし、わたしが二軒目に付き合わなければ、わたしたちは友だちにも満たない、知り合いのままだったのかもしれない。

二軒目を出て、帰り際につながれた手は、それまでに摂取したお酒のせいか、ひどく熱かった。振りほどくこともできたのに、しなかったのは、自分の意思というよりも、もっと別の大きな力だったような気がしている。もちろんこんなのは、後でならなんとでも言えるし、単に酔っていたからに過ぎないのかもしれないけど。

「ごめん、お待たせ」

声に振り向くと、伊東くんは、こちらをまっすぐに見て立っていた。輝くような運命の相手じゃなくても、今はこの人のことが好きだと思う。心から。

友だちになりたい
友だちのときに恋人になりたかったように

彼の寝顔を見ながら、この人とクラスメイトとして出会えていたならよかったのに、と考えている。

カーペットの上で、彼の携帯電話が光る。音は消しているらしい。目の前の彼に目覚める気配はない。メッセージなのだろうとわかった。おそらくわたしの知らない女の子からだろうとも。こっちは予想というより、経験に基づく分析だ。

パスワードはわかっているから、携帯電話を手に取って、答え合わせをすることもできるが、実行しないのは、見ても仕方ないとわかっているからだ。そこに女の子の名前（もしかすると苗字だけかもしれない）が表示されていたとして、さらには彼に対する仲睦《むつ》まじいメッセージが届いていたとして、それがなんだっていうんだろう？

よく眠っている彼を叩き起こして問い詰めたなら、彼は謝り、苦しそうな表情を見せるだろう。もしかすると、逆にわたしを責めるようなことを言いはじめるかもしれない。

真夜中に声を荒らげて、罵《ののし》って、片方が部屋を出て行って、時間の経過と共にお互いが冷静さを取り戻して、また同じような日常に戻っていく。想像できるのは、それら一連の行動が既に、経験したものだからだ。一度や二度ではなく。

彼の携帯電話を確認したわたしは、今よりさらに、自分自身のことを嫌いになるとわかっている。見たとして、いいことなんて一つもないと言い切れる。

この人がクラスメイトだったなら。

わたしは以前、何度もした想像をまたしてみる。たとえば高校時代のクラスメイトだったなら。わたしは彼を好きになるかもしれない。付き合い出したときにそうだったように、好みの顔だから。でも彼は他の女の子と付き合っているから、そこに割り込んだりすることはできない。別れたという噂が流れるけど、またすぐに、別の子と付き合いはじめたという噂が流れてしまう。

彼は他の女の子にそうするように、わたしに対しても、気軽に話しかけるだろう。わたしは緊張を隠して、普通の様子で話すから、仲良くだってなれるかもしれない。いや、なれる。共通の友だちも何人かいて、グループのようになって、放課後や休みの日には、そのグループで遊びに行ったりもする。

彼は遅刻魔だから、待ち合わせにはいつも遅れてやってくる。遅いよー、と誰かが言い、おごってもらうからねー、と別の誰かが言う。彼は笑いながら、ごめんごめん、と繰り返すだろう。わたしも笑っている。少なくとも今みたいに、なんで平気で遅れるの？　と苛立ったりはしない。友だちだから。

彼が次々と付き合う女の子を替えていくことも、グループの中で話題の種になるだろう。ほんとに飽きっぽいよね、と誰かが言い、いつか罰が当たるよ、と別の誰かが言う。彼は笑いながら、今度はほんとに続くって、と主張するだろう。わたしも笑う。少なくとも今みたいに、どうして大切にしてくれないの？　と泣いたりはしない。友だちだから。

クラスメイトだったらよかった。さらに言えば、彼が女だったらよかったのだ。

彼は女になったとしても、整った顔立ちだろうから、きっとすごくモテる。性格の飽きっぽさは変わらないから、今と同じように、次々に別の人と付き合い出すのだろう。

わたしは彼女になった彼と、友だちになれると思う。趣味も合うし、話をうまく聞ける自信もある。恋人の愚痴だって、悩みだって、共感できる。わたしが失恋したときには、きっと一緒に悲しんだり怒ったりしてくれるはずだ。

彼が小さくいびきをたてる。わたしは一気に現実に引き戻され、今さっきまで描いていた想像が、あくまでも逃避にしか過ぎないのだと気づかされる。

もう異性として出会ってしまったし、触れ合ってしまった。

同性でも親友でもクラスメイトでもない彼の寝顔を、何度となく触れた今でも、いとおしく思う。それが悲しい。恋人でなければ、わたしはこの人に、ずっと優しくできるし、感じ良く接することだってできるのに。

眠気はまるで訪れない。トイレに行きたくなり、音を立てないようにして立ち上がる。カーペットに置いたままの、彼の携帯電話が視界に入り、慌てて視線をそらした。

柔らかな空気をまとうようにして
彼女と話すあなたの姿

健二に付き合って数年になる彼女がいることを、麻衣美は出会ったときから知っていた。知っていた上で、麻衣美は健二に近づき、仲良くなり、そして彼女の部屋でセックスをしたのだった。

麻衣美は健二の顔を気にいっていた。平たく言うと、とても好みだったのだ。彼はくりっとした可愛らしい目をしていて、鼻筋もすっと通り、全体的に清潔な印象を与える顔立ちだった。なので一番近くで彼の顔を見られたことに満足していたし、この関係が続いていくであろうことに安心もしていた。

彼らは週に一回ほど会うようになった。連絡は主に健二のほうからだったが、麻衣美からのこともあった。最初のうち麻衣美は、メッセージを送るタイミングを気にしていたが、健二に訊ねたところ、いつでも構わないという返事が来て、事実そのとおりだったので、麻衣美にとって不都合はなかった。

セックスのあとで、麻衣美はよく健二に、彼女についての質問をした。趣味とか、付き合い出したきっかけはどういったものだったのかとか、他愛もないものばかりだった。たいてい健二は、躊躇する様子もなく、質問に律儀に答えた。麻衣美にとって興味深い答えもあれば、そうでもない答えもあった。いずれの場合も、嫉妬めいたものは生まれなかった。むしろ、彼女にまつわる知識を増やすたび、優越感に似た感情をおぼえた。

何のトラブルもなく、数ヶ月が過ぎた。

ある日出かけた飲み会で、麻衣美は戸惑った。健二が彼女を連れてやってきたのだった。健二は麻衣美の姿を発見すると、一瞬だけ、目に狼狽《ろうばい》の色を浮かべた。その瞬間に麻衣美は、彼が、自分がこの飲み会にいると思っていなかったのであろうことや、もしかすると連絡の不備があったのかもしれないということを察した。

察したことで、麻衣美は戸惑いを落ち着かせることができた。自身が彼の変化に敏感になれたことで、気持ちが通じ合っているような気がしたからだ。

さらには、同伴してきた彼女が、自分よりも可愛いわけではないというのも、麻衣美にとっては重要な部分だった。麻衣美は自分のルックスのよさを自覚していたし、誇ってもいた。客観的に見ても、自分のほうが可愛いと言われてきたであろうことがわかったし、そこまた優越感をおぼえることができた。

彼女について、健二はかつて、ある女性タレントに似ていると言っていたが（それもセックスのあとで麻衣美が訊ねたことだ）、麻衣美はそうは思わなかった。もっと似ている人がいるのではないかと、飲み会のあいだじゅう、他の人と話しながらも頭の片隅で考えていたが、ついに思いつかなかった。

一軒目を出たところで、二軒目をどこにするか話し合っていると、健二の彼女は、わたしはここで失礼します、と言った。

えー、と何人かが残念そうな声をあげたが、いずれも形式的なものだろうと麻衣美はわかっていた。自分も似たような声を小さくあげた。

健二は二次会に行くということを表明し、麻衣美は嬉しくなった。二次会でこっそり、驚いたな、と、二人にしかわからないであろう含みのあるセリフをつぶやくことだってできると想像した。

お店は駅とは逆の方向だった。離脱する何人かと、二次会に向かう何人かが、手を振って、挨拶をして別れる。麻衣美も例にたがわずそうしていたが、健二の言葉が耳に飛びこんできた。けして大きい声ではなかったにもかかわらず。

「気をつけてね」

言われた彼女は、うん、と普通の様子で明るく答えると、他のみんなと同じように手を振ったり、会釈をしたりした。

麻衣美はその場でしゃがみこんでしまいたいほどのショックを受けていた。

何の変哲もない別れの挨拶だったのに、そこには、愛情がふんだんにあった。数えきれないほどの言葉を交わしてきたし、ときに愛を伝えるような情熱的なセリフも受け取っていたというのに、さっきの健二の声は、麻衣美が初めて耳にする類のものだった。

気をつけてね。たった、それだけの言葉なのに。

様子がおかしくなったのに気づいて、一人が麻衣美に、大丈夫？　酔ってる？　と話しかけてきた。麻衣美は何か答えなければいけない、すぐに答えなければいけない、と思ったが、うっかり言葉を発すると、一緒に涙まで流れ出しそうで、ただ話しかけてくれた相手の顔を見ていた。

ブレーキがきかないんじゃない
ブレーキを踏まずにいたのだ　あなたが好きだ

ドアチャイムを鳴らした。出てきたのは、Tシャツとスウェットパンツを身につけた明彦で、あたしは、あれ、と声を出した。

「風香は？」

「さっき喧嘩して、出てっちゃった」

「え」

慌ててその場で風香に電話をしたが、お客様のおかけになった電話番号は現在電波が届かないところに……、と無機質な声が伝えてくるばかりで、あたしは明彦のことを少し睨み、通話を終えた。

「怖。なんで怒ってるの」

「風香と会う約束してたのに」

これから一緒に、友だちの誕生日プレゼントを探しに行き、ごはんでも食べようと話していたのだ。マンションの下で落ち合う予定が、なかなかやって来ないので、おかしいと思い、部屋まで訪れてみたら、こんなことになっていたとは。

「約束してたのは風香であって俺じゃないじゃん。とりあえず玄関先もなんだし、入りなよ」

提案に、あたしは首を横に振った。

「いいよ、帰る」

「なんで。そのうち戻ってくるって。待ってればいいじゃん」

そう言うと、明彦が急に近づいてくるので驚いたが、単にドアを閉めただけだった。閉めたばかりのドアを開けて帰るのもバカみたいだし、友だちの誕生日が迫っているのを思うと、今日買っておく必要があると考え直した。

「お邪魔します」

「最初から素直になればいいのに」

「なにそれ」

言い返したあたしに、明彦は笑う。単なる冗談だとわかっているのに、見透かされているようで、靴を脱ぐ足がわずかに震えた。

いつもは整頓されている風香の部屋に、脱ぎ散らかした服や使いかけのコップがあったりして、あたしは入ったことを後悔した。風香にしても、見られたくないんじゃないかと思い、やっぱり帰ると伝えようとしたのだが、明彦に、なに飲む？　オレンジジュースとお茶とビールと、あと水もあるよ、と呑気に質問されて、つい、お茶、と答えてしまった。

冷たい緑茶の入ったグラスを手渡されるとき、わずかに手が触れた。ありがとう、と言いながらも、あたしの意識は、触れた部分にばかり集中している。

お茶を飲むことでごまかそうとしたけど、味はまるでわからない。

部屋の中のいつもと違う部分や、明彦を見ないようにしていると、フローリングに座った自分の膝の部分ばかり見るようになってしまう。明彦は、沙英ちゃん緊張してるでしょう、と言った。質問ではなくて断定だった。

「なんで？　してないよ」

顔を上げてそう言うと、思いきり明彦と目が合ってしまい、あたしは顔を上げたのを後悔した。彼はまっすぐにこちらを見ている。

「俺はしてるよ。沙英ちゃんのこと好きだから」

「なに言ってるの」

冗談にしようとしたのに、声がいつもと変わってしまったのがわかった。またお茶を飲む。味はやっぱりわからない。

明彦があたしに近づいた。今度はドアを閉めるわけじゃない。知っている。だってここにドアはない。

「どうしたの？　今日変だよ」

なんとかそう言ったけど、顔を見ることができない。こんなの、自分のほうこそ変だと伝えているようなものだ。

「沙英ちゃんも俺のこと好きでしょう」

また断定だ。さっきみたいに否定しようと思うのに、否定しきれない。

だって、まぎれもなく事実だ。

やっぱりばれていたのだ。あたしはずっと明彦が好きだった。ひょっとしたら風香よりも先に好きになっていた。でも風香は大切な友だちだし、あたしは風香が好きだ。だから見ないふりをしようと思った。自分の感情に蓋さえすれば、問題はない。

「俺は好きだよ」

明彦の手が、あたしの手首をつかんだ。

振り払えばいい、逃げればいい、とあたしの中で誰かが言う。そのとおりだ。振り払ってしまえば、明彦はそれ以上何もしないだろう。このまま帰れば、あたしたちは友だちとその彼氏のままでいられる。

そもそも明彦なんてろくな男じゃないのだ。彼女の友だちに手を出そうなんてどうかしてる。どうせ今日の喧嘩の原因だって、明彦のしょうもない浮気かなにかに違いない。たいしてかっこいいわけでもない、欠点だらけの、いいかげんな男だ。

あたしはゆっくりと顔を上げる。だめだよ、と再びあたしの中で誰かが言う。でもその声はすぐに遠くなって、明彦の顔があたしの顔に近づいてくる。あたしは目を閉じた。

わたしか知らない時間を持っている
二分の一に慣れたくなくて

テーブルの上に置いた携帯電話が、メッセージの受信を知らせる。画面が明るくなった瞬間に、それが洋輔からの、もう少し遅れます、という連絡だろうとすぐにわかった。

確かめると、そのとおりだった。ごめん、もう少し遅れます！　大当たりだな、と思いつつ、了解、と指を動かした。

カフェラテは既に残り少なくなっている。お代わりを頼もうかと一瞬思うも、駅前の書店が頭に浮かんだ。

立ち上がり、カップを置いたトレイごと返却口へと持っていく。ありがとうございます、の店員の声に、小さく頭を下げて、店の外へ出た。

夜七時半。これから飲みに行く人たちだろうか、騒いでいる集団の横を通り過ぎる。違うんだって違うんだってー、と主張している男の人の声が耳に入る。何を否定しているんだろうかと考えてみるが、もちろんわかるはずはなかった。他の人たちは、違わないよー、と笑っている。

書店に入って、雑誌コーナーを通り抜け、奥のガイドブックコーナーへと向かった。ここには何度か来たことがあるし、書店の陳列というのは、たいてい何パターンかに分けられる。地図やガイドブックといった旅行関連書は、たいてい奥にあるのだ。

自分と同年代くらいに思われる女性が、二人ほど立ち読みしている。彼女たちがどのエリアのものを読んでいるのか気になったが、自分の読みたい本を手にすることにした。英語圏のものがいい。ニューヨークとロンドンとサンフランシスコで迷い、その中で唯一まだ行ったことのない、サンフランシスコにする。

観光スポットの写真が続く。そのあとに名物料理や、話題のホテルの写真。たまに目についた部分のテキストを読みこんでいく。

観光するなら、というふうには考えない。ここに住む自分をイメージする。

とにかく坂が多い街だという。あまりに傾斜が急すぎて、観光スポットになっている場所まである。車の運転が大変そうだ。そもそもアメリカで車を運転したことなんてほとんどないし。路面電車やバスの移動だけで生活するのも可能だろうか。

海が近いから、シーフードはよく口にするようになるだろう。日本人も多いはずだから、日系スーパーも充実しているに違いない。大都市だし。

今のように貿易系の仕事に就ければいいけど、就職率はどんな感じなのだろう。旅行者向けガイドブックには、そこまでの情報はない。でもだからこそ想像を膨らませることができる。バッグの中の携帯電話で調べてしまうのは簡単だけど、実際のデータが知りたいわけじゃないのだ。

ページをめくりながら、わたしはイメージする。紹介されているレストランを訪れるところを。紹介されている写真の中の風景を歩くところを。

アメリカの小さな田舎町に半年ほど留学していたのは、もう五年も前の話だ。ホストファミリーとは、今でもクリスマスになるとカードを交換しているが、次にいつ会えるかはわからない。二度とないのかもしれない、とは思いたくないので考えないようにしている。

海外で生活する自分を思い浮かべるとき、そこに洋輔の姿はない。彼は仕事を辞めたりしないし、一緒に行くなんて、絶対に言わないと知っているから。

もちろんわたしにしたって、本当に行くことなんておそらくない。仕事を辞めなければいけないし、お金やエネルギーを費やして、それでも海外生活をしたいと思えるほどのモチベーションなんて持っていない。

でも想像は、可能性の問題なのだ。可能性がゼロじゃないということが重要。サンフランシスコのスーパーで、やけに大きい調味料を買っている自分が存在しうるかもしれない、というのは、わたしを妙に安心させる。

洋輔に細かい不満はいくつもあるけど、別れたいとは思っていない。でも、絶対に別れられない、彼がいなくなったらどうなるかわからない、という状態がとても怖い。絶対にそんなふうにはなりたくない。

道はどこにでもつながっているのだと確信したくて、わたしはしょっちゅう、一人で書店に足を運んでいる。

バッグの中で携帯電話が震える。洋輔からの、もうすぐ着くというメッセージだ、と予想した。

初めての街をどんどん好きになる
あなたの生まれ育ったところ

「本当に大丈夫かな」

今日のことが決まってから、何度となく繰り返した言葉を、わたしはまた口にする。

「大丈夫だよ」

彼の言葉もまた、何度となく繰り返されたものだ。百回聞いたからといって安心できるわけではないが、彼がきちんと、面倒くさがる様子もなく言ってくれることがありがたい。

バスの中は、お年寄りが多い。お互いに顔見知りなのか、乗りこんできた人が、既に乗っている誰かを見ては、あらあ、と嬉しそうな声をあげたりもする。わたしたちはもっとも奥の座席に、窓際から並んで座っている。まだいくつか空席はあって、五人がけの座席はわたしたち二人だけだ。

生まれてはじめて降りた駅は、イメージしていたよりもずいぶん大きなものだった。駅とつながっているビルの中には、おみやげショップがあり、いくつかの飲食店も入っているようだった。店舗一覧には、馴染みのあるファストフード店やカフェの名前もあった。都会だね、と言うと、彼は、はとふの間のような音を立てて、小さく笑った。どことなく得意げだった。

バスが小学校の前で停まり、また発車する。

「もうすぐだよ」

言われて、さっきまで感じずにいた緊張が、また高まってしまう。わたしの身体が硬くなったのがわかったのか、平気だって、と、彼が手のひらでわたしの膝あたりをぽんぽんと軽く叩く。

緊張をほぐそうと、わたしは窓の外に意識を集中させようとしてみる。小学校のグラウンドは、わたしが通っていた小学校よりもかなり大きい。日曜日なので、子どもたちの姿は見当たらない。犬の散歩をしているおじさんくらいだ。

街路樹が多く植えられた道を、小学生の彼が歩いている姿を想像してみるが、うまくいかない。以前、小学生時代の写真を見せてもらったことがあるけど、顔自体はあんまり変わっていなかった。きっと優しかっただろう。でも小学生のわたしが、小学生の彼に出会っていたら、恋には落ちなかったかもしれない。

バスがゆっくりと左折する。コンビニのような個人商店のような店が目に入る。ここで生まれ育っていたら、きっと、学校帰りに寄り道しただろうな。お菓子買ったりして。

わたしがそう思っていると、彼が、この店でよくお菓子買ってたな、とつぶやいた。心を読んだようなタイミングに、思わず笑ってしまう。彼が、なんで笑ってるの、と不思議そうに言う。

わたしは視線を窓の外から、自分の隣に置いた紙袋にうつす。出発前にデパートで買ってきた羊羹《ようかん》が入っている。彼が甘党なのは、今日初めて会うお父さん譲りらしい。

放課後にお店でお菓子を買っていた彼は、まさかこんなふうに、自分がいつか、結婚する相手を連れてバスに乗ることとなんて、想像もしていなかっただろう。小学生の彼に声をかけてみたい気がした。タイムスリップものの映画で時々あるような、わたしは未来のあなたの結婚相手なの、と。そのときの彼は、どんな顔をするんだろう。

「次の停留所」

彼が言い、わたしの膝に、今度はそっと手を置いた。小学生の彼のおかげで和らいでいる緊張は、バスを降りたら、再び強まってしまうだろう。

「大丈夫だよ」

わたしが言う前から、彼が答えた。車内に、次の停留所を知らせるアナウンスが流れ、声が途切れないうちに、前のほうに座っている人がブザーを押した。ピンポン、という音は、確かに自分を受け入れてくれるような予感がした。

かなわずに消えていく夢
ぼやけないように力をこめて見ている

解散前の最後のライブということもあって、彼のバンドは、今日、トリを飾ることになっている。

全部で四つのバンドが出演するのだが、三つ目のバンドが演奏を終えた時点で、ライブハウスの中の客は、ずいぶん少なくなってしまった。

今日が最後なんだから、残って。あと少しだけでいいから。見ていってほしい。

名前も知らない人たちに、心の中で呼びかけてみるけれど、もちろん伝わるはずはない。最後のバンドいいの？　別にいいでしょ、なんて話しているカップルのところに行き、彼を含めたメンバーが、今日までどんなに頑張ってきたか、今日をどんな気持ちで迎えたのか話してみせたいけど、不審者扱いされて終わりだろう。

ジンジャーエールを飲む。紙コップがふやけはじめていて、不快な感触だ。早く飲み干してしまいたいが、炭酸が入っているので、一気には飲めない。

ビールは家に帰って一人で飲もうと決めている。ステージに立つ彼は、当然ながら今日はまだアルコールをとっていない。メンバー同士の打ち上げでビールを飲むのだろう。彼がビールを口にする瞬間に、わたしも飲みたいと思っている。

彼のバンドメンバーからは、よかったら打ち上げに来てよ、と声をかけてもらっていたが、断っていた。彼はどっちでもいいよと言っていたが、本当はメンバーだけで飲みたいだろうと思ったからだ。わたしと出会う何年も前から、バンドは活動していた。

高校の同級生と、その友だちの友だちとで結成された彼のバンドは、それぞれが大学に進学し、就職してもなお、スタジオ練習やたまのライブ出演を続けていた。一番熱心なのはボーカルを務めるリーダーで、バンド活動を優先するため、就職はせず、フリーターとして生活している。

次に熱心なのは彼で、リーダー同様、大学卒業後もアルバイトを続けることを選んだ。就職することを選んだ他の二人にしても、モチベーションはけして低くなく、メジャーデビューのチャンスがあるなら、すぐにでも会社を辞める、と言っていたらしい。

彼らが嘘をついたわけではないと、関係のないわたしでもわかる。本気で言っていたし、本気で考えていたのだろう。それでも就職するというのは、自分の都合を優先できるものでもない。現実の中で、彼らがどんどん、仕事を中心に考えるようになっていったことなんて、ごく自然で無理のない流れだ。

リーダーが解散を言い出したとき、誰一人として反対しなかったのだと、彼に聞いた。きっとリーダーは、反対されたかっただろう。けれど反対されないのもわかっていたのだろう。

彼は来月から、バイト先のｗｅｂ制作会社で、派遣社員として働くことになる。二年働いたら、正社員にって言ってくれてるんだ、と伝えてくれた彼は、嬉しそうで、けれど寂しそうだった。

　ステージ上に、四人が登場して、ぱらぱらと拍手が起こる。わたしも、紙コップを持ったまま、手首のあたりを叩いて、慌てて拍手する。

　ステージの上からの眺めは、彼らにどんなふうに映っているのだろうか。

　付き合って間もない頃、彼の部屋で過ごしているときに、珍しくひどく酔っぱらった様子で、彼は言っていた。

「これは、おれの宝物だから」

　ソファの横に置かれたギターを指さして、何度も繰り返す彼に、そうなんだ、とわたしも同じ返事を繰り返した。彼が子どものように見えた。

　一曲目が始まる。彼がギターを弾く姿を、世界で一番かっこいいと思う。ここにいる見知らぬ誰かにも、そう思ってほしいと願った。彼らの姿を目にやきつけて、憶えていてほしい。彼らの曲を耳に刻んで、口ずさんでほしい。今日解散してしまう、特別有名にもなれなかった、もう若くもない彼らのことを、できるかぎり長く記憶していてほしい。そんな願いを抱えながら、宝物を抱える彼を見つめていた。

触れられた箇所から熱くなっていく
明けない夜があればいいのに

おそらくわたしのほうが遅くなってしまうだろうという読みは当たっていた。

ドアをあけ、室内に入ったとき、彼は、お、と言いながら笑いかけてくれたものの、すっかり待ちくたびれた様子を隠しきれてはいなかった。

テーブルの上には缶ビールが二本。顔も少し赤くなっているし、浴衣もちょっとはだけている。

隣に座って、言った。

「ごめん、だいぶ待たせちゃった？」

「長かったね」

声が同時だった。思わず顔を見合わせて笑ってしまう。

「いい匂い」

彼がそう言いながら、わたしの体を抱きしめる。

馴染んだ感触でありながらも、触れられるたびに、胸の鼓動がいまだに速くなる。

「顔がいつもより柔らかい」

頬をなでられながらつぶやかれた。彼の指が冷たく感じる分、わたしの体があたたまっているのだろうと思う。

同じように、指と手のひらで彼の頬をなでると、お酒のせいか思ったよりも熱く感じた。

「布団行く？」

夕食中に用意されていた布団に一瞬顔を向け、彼が言う。

二つくっつくようにして敷かれた布団。ご夫婦でご旅行ですか？　いいですね、と夕食時に仲居さんが言っていたのを思い出す。彼は、まあたまにはね、と答えていた。

「ちょっと待って。お水飲むから」

旅行バッグを引き寄せ、昼間に買って、飲みかけになっていたペットボトルを取り出した。口にした水はぬるく、どこを通っていくかがはっきりとわかるようだった。さっきから感じていた、強い渇きがおさまっていく。

「まだ飲みたい？」

彼が聞き、わたしが答える前に、ペットボトルを奪われてしまう。

彼ののどぼとけが動くのを確認した直後に、唇が重ねられる。目を閉じると、唇から液体が流し込まれるのがわかった。

さっきよりも、さらにぬるく感じる。

わたしが水を飲み干しても、彼がわたしの両頬をおさえる力は、しばらく止まらなかった。

こんなふうにされたのは、初めてだ。初めての旅行。初めての水。まだわたしたちのあいだには初めてのことがたくさん残っているのだと思うと、嬉しくもなるし、寂しくもなる。

できずに終わっていくであろうことの多さを考えずにはいられない。

手がはずされ、唇がはずされ、わたしが言った。

「びっくりした」

何も答えずに笑う彼は、実際の年齢よりもずっと若く見える。今に始まったことではない。実際はひとまわりの歳の差も、もっと低いものに見えるだろう。

わたしは言った。

「また温泉連れてきてね」

彼は、突然の言葉に、一瞬だけ驚いた表情を浮かべたものの、もちろん、と言ってわたしを抱きしめた。

得意げに、今度は海外もいいな、と付け足す。

胸の中で言葉が浮かんでいく。

海外？　本当に？　奥さんに疑われないようなうまい言い訳を用意できるの？

浮かんだ言葉は口にせずに、今度は、さっきまでいた大浴場の光景を思い出してみた。

他にほとんどお客さんはおらず、途中からは貸切状態だった。乳白色のお湯に浸かりながら、もうずっと前から貼られているのであろうプレートを、ぼんやりと読んでいたのだった。

そのプレートには、源泉の温度や、歴史が簡単に紹介されているほか、温泉の効用が書いてあった。

神経痛、筋肉痛、が最初だった。あとはなんだっけ。冷え性、痔、なんていうのもあった気がする。疲労、はなかっただろうか。

不倫、というのもあればいいのに、と考えていたのだ。温泉に浸かることで、彼への思いが薄れていくのならいい。彼にそう伝えたなら、どんな顔をするだろうか。

彼が再び唇を重ねてくる。わたしは目を閉じながらも、効用をきちんと思い出そうとしてみる。きっと一時間もすれば、もっと忘れてしまうであろう効用について。

忘れてることが寂しくなった日も
いつか忘れてしまうのだろう

あの部屋を出てから、乗れない電車ができてしまった。

駅数も少ない私鉄。それはまぎれもなく、わたしたちが一緒に暮らした部屋の、最寄り駅へとつながる路線だった。

初めて暮らす駅だった。彼の会社に一本で行けるというのと、何より他の路線にくらべて、家賃が安いというのが決め手だった。わたしの会社までは、一度乗り換える必要があったけど、それまでも実家から大学へと長時間かかる通学をしていたので、電車には慣れていた。よく知らない路線の、車窓からの景色を、少しずつ記憶していった。英会話スクールの看板。タワーマンション。公園。車内広告やシートの色やよく同じ電車に乗る顔ぶれ。

同棲生活のスタートは、ままごとみたいだった。休日になると一緒に料理を作ったり、真夜中に思い立って、二人で自転車を走らせて、ＤＶＤを借りに行ったりした。学生みたいだね、と社会人になったばかりのわたしたちは笑い合っていた。

冷蔵庫の中には、食べ方もよくわからない野菜や、発売になったばかりのコンビニスイーツや、一緒に出かけた卒業海外旅行で買ったミックススパイスなんかが詰まっていた。

それぞれ研修期間を終え、正式に部署に配属されると、忙しさが桁《けた》違いになった。

いつからか家事はままごとではなくなり、義務になっていった。二人で過ごす時間は減少していき、互いの存在が、あたたかいものからうっとうしいものに変わっていった。

生活なのだから仕方ない。社会人になったのだから仕方ない。理屈を自分に言い聞かせてみても、楽しかった日々とのギャップが大きく感じられ、心は余計にささくれだった。冷蔵庫の中には、傷みかけている野菜や、彼が帰ってきてから飲むためのビールや、乾きつつあるスライスチーズなんかが入っているようになった。

平日に仕事をして、汚れた部屋に帰るたび、休日には掃除や洗濯や料理をしよう、と思うのに、休日になるといくらでも眠気が襲ってきて、ベッドから出ようとする気持ちが、簡単に連れ戻されてしまった。気づくと何もしていない休日というのを積み重ねた。洗濯をして、適当な掃除をするのが精いっぱいだった。

彼はわたしよりもさらに忙しく、仕事に必死な様子だった。休日出勤もしょっちゅうだったし、帰宅時間も遅かった。

だから彼に他に女の人がいると発覚したとき、わたしは怒るよりも悲しむよりも先に、こんなに忙しい時間の中で、どうやってやりくりしたのかと驚いてしまった。仕事という嘘をついている様子はなかったから。

でも驚きのあとには、怒りも悲しみもしっかり訪れた。クリスマスが過ぎて、お正月がやってきて、そのあとでバレンタインがやってくるような、順番をしっかりとわきまえたものだった。

一度目の更新にもまだ届かないうちに、わたしたちは部屋を出ることになった。先に新しい部屋を決めたのはわたしのほうだ。一緒にいることに耐えられなかったから。

とりあえずの引っ越しを終えても、まだ二人で暮らした部屋には、荷物がたくさん残っていた。受け取りに行くために電車に乗ろうとすると、決まって吐き気がするようになり、無理やり抑えて乗車しても、頭痛や震えで、途中下車せざるをえない状態となった。不思議なことに、彼と電話やメールをしていても、そんなふうにはならないし、別の場所で会ったときも平気だった。ただ、その路線の電車に乗りこむのが難しくなったのだ。

ほとんどの荷物は処分してしまうことにした。もったいなかったけれど、どうしようもなかった。送ってもらうにしても限界があったし、早く終わらせたかったのだ。

一人暮らしのスタートは、ままごととは似ても似つかなかった。自分自身を腐らせないようにするために必死だった。一度そうなったら、簡単に底まで落ちてしまう気がした。

わたしに関係なく、季節は巡り、一人暮らしの部屋は一度目の契約更新を迎えた。必要なあらゆるものを揃え、狭いながらも、わたしのための空間となっている。

このあいだ仕事で、ある会社に出かけなくてはならなくなり、所在地を知ったときに、わたしは戸惑った。記載されている最寄り駅は、まぎれもなく避けつづけた路線のものだった。

別の駅からバスを使いたいくらいだったが、同行者がいるのでそうもいかず、恐れながらも乗換駅へと向かった。

ホームに立ったとき、懐かしい、と思った。数えきれないほど乗った電車。乗りこんでもなお、懐かしい、という感情だけが胸をひたしていた。あたたかいとも優しいとも違う。ただ、知っているものだった。見慣れていた景色があった。

同行者と談笑しながら、まるで具合が悪くならない自分を不思議に感じたが、すぐにわかった。

もう、終わったことなのだ。

見えなくても、傷は刻まれて、永遠に残るのだと思っていた。でもこうして気づかないうちに、かさぶたとなり、跡を少しだけ残して消えている。あんなに悲しかったのに。あんなに怒ったのに。あんなに。あんなに好きだったのに。

話が一つ終わったタイミングで、同行者に伝えてみた。

「わたし、数年前まで、この路線に住んでたんですよ」

自分でも意外なほど、楽しげな声になった。

どこにつながっているかはわからない見たこともない扉を開く

「それ、どこで買うたん？」

理彩はそう話しかけられ、戸惑った。

話しかけてきた相手が、この場所にいるからにはおそらく同じ新入生なのだろうとは察したものの、見知らぬ男子であることには変わりなかったからだ。さらに、彼が関西弁を話しているのも戸惑いの理由となった。

「Tシャツ」

理彩が驚きで何も答えられずにいると、男子はさらにそう言った。彼が指さす先には、理彩の着ているTシャツがあった。前から見ると白い無地のTシャツで、後ろから見ると、手書き風のグリーンのチェックのTシャツになる。異なる二つの素材が、前面と後面で組み合わされているのだ。

「え、あ、えっと、『モンタージュ』っていうセレクトショップで、あの、地元の」

絞るように、つっかえながらも理彩は話した。男子は彼女の緊張を知ってか知らずか、さらに質問した。

「地元？　どこなん？」

彼女が地元の県名を答えると、そら遠いな、と言って男子は笑った。理彩も笑おうとしたが、片方の唇の端だけが上がっている、歪《ゆが》んだものとなった。

理彩は、目の前で人が関西弁で話すのを初めて聞いた。テレビや映画で耳にしたことはあったが、彼女の地元には、関西弁を話すような知り合いは、一人としていなかった。両親も祖父母も同級生も先生も。やっぱり東京はすごい、と理彩は思った。

「ええTシャツやな」

理彩に対してというよりも、ひとりごとの単なる感想という感じで、男子は言った。理彩はお礼を言おうと口を開きかけたが、それも変な気がしてやめた。

入学ガイダンスを終え、入学式を終え、引っ越しに伴う区役所でのさまざまな手続きを終え、実際に授業が始まっていくと、理彩はあらゆるものに驚きをおぼえた。

想像していたような、芸能人に会ったり撮影現場を見学できるといった事態はまだ訪れていなかったが、電車のやってくる間隔の短さや、コンビニの多さや、駅と駅の近さや、歩く人たちの速度や、休日の外出先における混雑具合など、一つ一つが新鮮で、今まで暮らしていた風景とはまるで異なるものが東京にはあった。

入学ガイダンスで、理彩に話しかけてきた男子の名前は、藪野創太郎ということだった。女子高出身の理彩にとって、同い年の男子と話をすることもまた新鮮で、馴染みのないものだった。

クラスメイトたちは、男女の境なく、よく話した。ほとんどは高校を卒業して専門学校に進学したものばかりだったが、大学を卒業しているというものや、大学を中退したというものなど、年齢が異なる人たちもいた。理彩は最初のうちは敬語で話していたが、周囲がみんな敬語を使っていないことに気づくと、それに合わせるようにした。

クラスメイトたちの映画についての知識が深いのも、理彩にとっては衝撃的だった。映画制作科に進学したのだから当然かもしれないが、それまで彼女が通っていた女子高では、自分ほど映画を観ている人間など存在していなかったのだ。

クラスメイトたちが当たり前のように、ダルデンヌ兄弟の最新作の感想についてや、ケン・ローチ監督のハッピーエンドは珍しい、と話し合っているのを目にするうち、理彩は自分がまるで特別な存在ではなかったと知り、そのことに少し安心し、大きくショックも受けた。

創太郎は、そうしたクラスメイトの中でも特に、映画について詳しいようだった。ハリウッドの大作映画についても、フランス映画についても、さらには国内で数館しか上映されていなかったはずのショートフィルムについても、語ることができたし、他の人たちや映画雑誌とは異なる、彼なりの見解を持っていた。

理彩は授業で講師に厳しく叱責されるたび、帰宅すると、創太郎の顔や声を思い出すようになった。創太郎が好きだと言っている映画を、近くのレンタルショップで探し出し、見るようになった。

ええTシャツやな、という言葉が、数ヶ月経っても、理彩の中では昨日聞いた言葉のように残っていた。自分を救い出す、おまじないのようなものに思えた。地元のセレクトショップである「モンタージュ」に、いつか創太郎とともに訪れるところを夢想するのが、理彩の楽しみとなった。

教室に入る理彩の唇の両端が、わずかに上がっていることに、彼女自身は気づいていない。彼女の抱える気持ちが恋であるということにも、まだ。

結末はまだ少し先
ひとまずはハッピーコンティニューを目指して

まさか自分がこんなところにいるなんて。

お色直しをのぞいて、ほぼずっと隣にいてくれる祥吾は、どこか硬い表情だったけど、披露宴のはじめのほうに、同級生たちに何杯か飲まされたせいか、今は赤らんだ顔をしている。いつもどおりにヘラヘラと笑う彼に、もう、と思う一方、安心もしている。

何ヶ月もかけて準備してきた今日は、始まってみたらあっというまだった。まばたきみたいに過ぎていってしまう。

チャペルは、この会場の売りでもある。大理石のバージンロードも、正面の壁にはめこまれたグリーンオニキスに光が反射する景色も、確かに美しいもので、リハーサルでは感嘆の声をあげていたけれど、今日はちっとも見る余裕なんてなかった。

ステップを合わせるために、足元ばかりを気にしていたくせに、ドレスの裾を踏みまくり、転びかけた。父親が緊張しているのを心配していたくせに、新郎の左腕に右腕を組むというだけの動作のときには、自分の手がひどく震えているのに気づいた。

手が震えていたのは、署名のときも同じだ。名前を書くだけなのに、先に書いた祥吾の文字が、びっくりするくらい揺れていた。緊張しすぎだよ、と言おうとしたのに、その下に書いた自分の名前も、普段の文字とはかけ離れているほど乱れた。

愛したり慰めたり助けたりする、あの例の誓いの言葉だってそう。このあいだの飲み会では、あそこでおもしろくしたりしたいよねー、なんて友だちに話していたくせに、実際に出てきた、はい誓います、という自分の声は、かすれて、消えかけていた。

同じ建物内のここ、披露宴会場に移ってからも緊張は続いている。笑顔になるための筋肉を、今日で一生分使ったんじゃないだろうか。冒頭の、祥吾の上司からのスピーチでは頷きすぎてしまった。乾杯の音頭も、何かいいことを言われた気がするのに、全然思い出せない。次にどのプログラムが来るのか、どこで立ち上がる必要があるのか、間違えないのに必死だ。何度もミスをしたけど、それでもきちんと進行されていく披露宴。工場のベルトコンベアーに乗っかったみたいだ（もちろんそんな経験ないけど）。

お色直しのカラードレス、やっぱり、ピンクじゃなくて水色にすべきだったかな。これってちょっと乙女っぽすぎない？　そんなふうに相談したいけど、ひっきりなしに誰かがやってくるから、祥吾に話しかけるようなタイミングはなかなか訪れない。

夫婦になったんだな、なんて感慨が訪れるのかと思ったけど、今のところそんな感情とは無縁だ。友だちから恋人になって、同棲相手となり、夫となったはずの人もまた、特別な感情なんて抱えていなそうに見える。

いつも呑気で、それに苛立ったこともあった。これからもたくさん苛立つのだろう。でも自分と違うからこそ、助けられているのかもしれないとも思う。

「それではここで、新婦から新婦のご両親へ、今日まで育てていただいた感謝の気持ちをこめたメッセージがございます」

会場の照明が薄暗くなったと思ったら、司会のアナウンスが流れ、わたしは慌てる。

「どうしよう、まだ後だと思ってた」

小声で祥吾に伝えると、ほんとあっというまだね、と同じように小声で言われた。

介添人にエスコートされ、所定の位置に歩いていき、あらかじめ書いていた手紙を手渡される。クリーム色の封筒。一昨日の夜、慌てて買いに行ったレターセット。

「お父さん、お母さんへ」

一行目を読んだだけで、いきなり視界が滲んでびっくりした。緊張しても泣くことはないと思っていたのに。

落ち着かなければと思い、手紙から一旦顔をあげて、少し離れたところにいる両親の顔を見ることにした。ところが、予想に反し、二人はわたし以上に泣いている。思いきり涙が頬を伝っている。

手紙なんて恥ずかしいから読まなくていいから、とか、やっと嫁にいってくれた、とかさんざん言っていたくせに。今日のドレス姿を見て、馬子にも衣装だね、なんてからかっていたくせに。

このままでは余計泣けてしまうので、仕方なく視線を手元に戻して、書き上げた文を読んでいく。ありふれたことしか書けない自分がいやだなあって思っていたけど、これじゃあ最後まで読むのも精いっぱいだ。

言葉に詰まったとき、隣から、白いものが目に当てられた。祥吾が差し出したハンカチだ。そういえばリハーサルのときに、手紙の朗読で花嫁さんが泣きだしたときは、花婿さんが助けてあげてくださいね、と係の人が言っていた。泣かないよね、なんて話していたのに、今や隠せないほど泣いている自分がいる。

再び両親を見た。必死で涙をこらえている様子の父親と、わたしを応援しようとしているのか、いつのまにか手を握りしめている母親の姿。

今までしてくれたことを、忘れないように、それに恥じないように、生きていくから。口には出さずに、そっと思った。今日二つ目の誓いだ。

マイクに音が入ってしまわないよう気をつけながら、祥吾に小声で、ありがとう、と言った。

わたしたちもいつか、自分の両親のようになれるのだろうか。今はまだわからない。それでも変わっていく可能性がある未来は明るいな、なんて、視界を滲ませながら考えている。

苛立ちとむなしさが寄せては返す
波の音だけあたりに響く

夏の終わりに海に出かけた。

泳ぐためではなかった。気温はまだ十二分に暑かったが、わたしは水着を持っていなかったし、彼も同じだった。

じゃあなんのためかというと、よくわからなかった。彼が、海に行こう、と言ったからだが、彼もさほど行きたいわけではなさそうだった。わたしとしても、自分が海に行きたいのかなんてわからないまま、行こうか、と答えていた。

電車に乗っている間も、あまり話をしなかった。わたしたちの間には、もうあまり話すことはなかった。出会った頃はこうではなかったなと思い出していた。たくさんの話をした。しすぎたのかもしれなかった。多分、今電車で話すべきようなことも、前借りして話していたのだろう。

黙って、首をひねるようにして、窓の外の景色ばかり見ていた。電車からは海は見えなかった。海岸のある駅に行くのは、初めてではなかったが、前に来たのがいつのことだったのかは定かではなかった。記憶はどんどん薄れていく。

「何度も来たことあるの？　ここ」

ホームに降りたときにそう訊ねたら、何度かはある、と彼は言った。前に来たのはいつか訊いてみたい気もしたけど、おそらく、忘れた、と答えるだろうと思った。

駅を出て、少し歩くと、いきなり視界に海が飛びこんできた。潮の匂いも、突然した。黙って海岸を歩いた。平日で、人もほとんどいなくて、海岸には誰かが捨てたのであろうペットボトルとか、お菓子の袋なんかがあった。なんとなく貝がらを探していたけど、目に見えるものは、どれも欠けていて、そんなに綺麗だと思わなかった。

少し前を歩く彼の背中を見ながら、こういうとき、昔なら手をつないでいたな、と思った。かといって今、手をつなぎたいかというと、そういうわけではなかった。ふざけてつなぐような真似ならできるけど、真剣につないだりはできない気がした。

潮の匂いは強くて、スニーカーには細かい砂がたくさん入っていくのがわかった。取ってもキリがないので、あとでまとめて取ろうと決めていたが、不快だった。

彼が小さく歌を口ずさんでいた。わたしの知らない曲だった。洋楽らしかった。わかる部分は英語で、わからない部分はふんふんという音を当てはめて歌っている。

仕事が平日休みというのは、他の人たちとの予定が合わせづらかったりもするけど、外出先が混んでいないのはいいな、と思った。もう何度となく思っていたことだった。

歩き疲れたので、座りやすそうな流木を見つけたところで、休んだ。座るねー、と彼に言った。彼は背中を向けて歩いたまま、右手をあげた。聞こえているらしい。

しばらく海を眺めていた。前に海に来たときのことを思い出せそうな気になっては、記憶はどこかに引っかかって、すっきりとは出てこなかった。

いつのまにか、彼は姿を消していた。

一体いつから見えなくなっていたのか、気づかなかった。海ばかり見ていたから。

大きい声で彼の名前を呼んだけど、関係のない人が振り返るばかりで、彼はいなかった。

もしかして溺れたのではないかと心配になったが、そもそも水着も持ってきていないし、海に入るわけがなかった。

携帯電話を取り出して、彼に電話をかけてみた。

流れてきたのは、女性の声のアナウンスだった。

おかけになった電話番号への通話は、お客さまのご希望により、おつなぎできません。

意味がのみこめなくて、何度か繰り返した。着信拒否をされているのだとようやく気づいたとき、怒るより、悲しむより先に、納得してしまった。

彼は別れるつもりだったのか。

わざわざ海に来なくたっていいのに、と苛立つ一方で、こんなふうにしなければ別れられない、その不器用さと厄介さを思った。海面は光っていて、立ち上がって見ていると眩《まぶ》しかった。

わたしには特別な魔法になった
見えない花は今日も咲いてる

「あっ」

静かにしなければいけない図書室で、思わず声をあげた。本を取り出そうとして、古く重たそうな本棚に、指輪をひっかけてしまったのだ。花の飾りが取れたのが、感覚でわかった。

小さな音を立てて、花は床に落ちた。慌てて拾い、出してしまった声を気にしている人はいないか、周囲を見回す。自習スペースは離れているため、こちらを窺っている人はいないようだった。安心したものの、取れてしまったものは、どうしようもない。

手のひらの上、拾い上げた花の飾りを、見つめてみる。紫と金色のビーズで構成されたそれは、けして高価なものではないとすぐにわかる。中心部分が金色で、花びらの部分が紫。

でも、高価なものじゃなくても、いや、高価じゃないからこそ、ずっと大切にしたかったのだ。

ユウスケがくれた指輪。

彼と出会ったのは、去年、大教室での授業のときだ。たまたま隣に座った彼が、わたしに、前回のノートってありますか？　と訊ねてきた。わたしにしては珍しく、前回も出席し、きちんとノートを取っていた授業だったので、ありますよ、と答えると、あとでコピーさせてください、と手を合わせられた。

別に断る理由もなかったので引き受けた。一緒に授業を受けていた友だちは次の授業があり、次の授業がなかったわたしと、休講になってしまったというユウスケで、コピーが終わってから、お茶でもしようかという流れになった。

「お金ないから、外でもいい？」

彼の言葉はてっきり、今持ち合わせがないという意味なのかと思いきや、そうではなく、慢性的にお金がないのだと、笑いながら打ち明けてくれた。八号館の前のベンチで、並んでペットボトルのお茶を飲みながら。

あのとき、ペットボトルのお茶を、当たり前みたいに彼は買ってくれていて、わたしも普通に受け取ってしまっていたから、彼がお金に苦労していると知り、お茶代払います、と急いで言った。

「いいよ。おごりたいから外にしてもらったんだし。ノートのお礼」

一つ上、二年生の彼は、やけに大人に見えて、たくさんのバイトを掛け持ちしているというせいかもしれない、と思った。おごってもらったペットボトルが、特別なものに感じられた。

それから何度か構内で顔を合わせた。彼は一人のときも、男友だちと一緒のときもあったけど、わたしを見ると、お、と嬉しそうに笑ってくれた。その顔が好きだった。

誘ってもらい、学食で一緒にごはんを食べたときも、彼はおごってくれた。払うつもりでいたのに、横から券売機に小銭を投入する手が伸びていた。

払いますよ、と答えたときに、先輩面させてよ、とむしろ頼むような口調で言ってから笑った彼の顔を見て、この人のことが好きなのかもしれない、と初めてきちんと意識した。

いろいろ話すうちに、お互い一人暮らしをしていて、その部屋がわりと近所であることを知った。連絡先も交換した。彼のアドレスは、名前と誕生日を組み合わせたシンプルなもので、なんとなく彼らしいなと思った。

指輪は、お祭りでもらったものだ。

前々日に、近くでお祭りやるらしいから、暇なら覗きに行こうよ、という誘いをメールでもらったときは、喜びのあまり、一人の部屋でクッションを抱いて喜んだ。もちろん当日は、そんな様子はおくびにも出さないように、浮かれた思いを必死に隠して、普通の顔をして回っていた。

「あ、型抜きある。懐かしい」

一つの屋台の前で、彼が足を止めた。

「型抜きってなに？」

わたしの質問に、彼はものすごく驚いた顔をして、やろうよ、と言った。屋台をやっている男の人に渡されたのは、薄い板菓子に、傘の線画が入ったものだった。同じく渡された長い画鋲《がびょう》のようなもので、これを綺麗に抜けばいいらしい。

わたしの傘は、すぐに割れてしまったけど、彼はコマを丁寧に掘り出していった。いつもよりずっと、真剣な顔だった。

「できた」

彼がそうつぶやいたとき、わたしは感動すらおぼえてしまったほどだったのだけれど、屋台の人は、コマをチェックすると、あー、ここがちょっと欠けてるね、じゃあお金じゃなくてこっちから一つ選んでね、と言い、おもちゃが入った箱を渡してきた。

どうやら成功すると、現金がもらえたらしい。欠けているといっても、本当にわずかで、ケチ、と思ったが、彼は文句を言う気配もなく、じゃあこれで、と何かを選び取った。

彼が選んだものはなんだったのか、屋台を後にしてすぐに知った。

「はい、これ」

紫の花の飾りが付いている、ビーズの指輪だった。少し大きめだったので、中指にはめた。

「お金、よかったんですか？」

「ああいうところはなかなかもらえないもんだから。まあ遊びだし」

わたしはそっと、ビーズの指輪をなでた。彼の手の中であたたまったのか、冷たいはずの指輪は、わずかな熱を帯びていた。この人が好きだ、と、はっきりと思った。

自習スペースに座り、携帯電話を確認すると、ユウスケからメッセージが入っていた。今日のバイトの終了時刻が書いてある。それから部屋にやってきてくれるみたいだ。バイト頑張ってね、と短い返信を済ませ、ポケットに入れた花に触れてみる。もし直せないとしても、この花は宝物だ。多分ずっと。

幸せの形はわからないけれど
変哲のない景色が好きだ

今住んでいるマンションの近くには、地名に加えて緑道という名前がついた遊歩道があって、わたしはよく散歩に出かける。

休日のお昼や、夕方。危ないかもしれないと思いつつ、平日の真夜中に、ふと思いついて出かけることもある。

遊歩道は長く続いていて、一度だけ端から端まで歩いたことがあるけど、おそらく四キロ以上あったと思う。何度も道路を渡る必要があるので、普段の散歩コースとして足を踏み入れるのは、半分くらいのエリアだ。

そこを散歩しながら、いろんなことを決めてきた。夕食の献立《こんだて》とか、明日は久しぶりにお弁当にしようとか、夏のセールではスカートを二枚くらい買おうとか、来週は実家に帰ろうとか、やっぱり会社を辞めようとか、やっぱり会社を辞めるのはやめようとか、小さいことも大きいこともたくさん。

うちにやって来た智春に、散歩しよう、と初めて言ったとき、怪訝《けげん》な顔をされたのを憶えている。

散歩ってどこを？

近くの遊歩道。

遊歩道？　どうして？

どうしてって、散歩だよ。

そして実際に二人で出かけて、遊歩道にあるベンチに腰かけたとき、智春は不思議な様子で、別に普通の道なんだね、と言ったのだった。

遊歩道には、たくさんの植物が植えられている。木々があり、草花がある。名前を知っているものもあるけど、知らないものがほとんどだ。近くを通りかかったときに匂いのする木もあれば、名前とちょっとした説明のあるプレートが掲げられた木もある。女性が空に向かって両手を掲げているポーズをとった小さな彫刻もあるし、木が剝げたベンチもある。犬を散歩させた人とも時々すれ違うし、日なたで猫が寝ていることもある。

だから、普通の道という感想は、いささか意外なものだったが、智春は、もっとすごいものを想像したのだろう。すごいものを見るために出かけていると思ったに違いない。つまり、彼の日常において散歩という習慣は存在しないものなのだ、とそこでようやく思い当たった。

それでもわたしが誘うと、まあいいよ、と行くようになった。智春が散歩を好きなわけではないと知っているので、わたしもめったに誘ったりはしない。季節が変わって、咲いている花が変わったタイミングを見計らい、声をかけてみるのだ。

今日に関しては、とても意外な出来事が起きた。

「散歩行かない？」

そう言い出したのは、昨夜から泊まっていた智春だったのだ。朝ごはんなのかお昼ごはんなのかわからない、トーストとオムレツとサラダというメニューを胃袋におさめたあとで。行く、と答える前に、どうしたの？　と言ってしまった。かなりの驚きだったからだ。たまにはね、と言う彼の気が変わらないうちに、こうしてついてきた。

「雨じゃなくてよかったね」

薄紫色のアジサイを見ながら、わたしは言った。

少し前に、この地方も梅雨入りしている。昨日今日が、天気のいい週末でよかった。

「ああ」

智春が答える。なんとなく、心ここにあらずという感じがする。誘ってきたのだから、珍しくアジサイでも見たい気分なのかと思ったのに、そういうわけでもなさそうだ。

ベンチのところまでやってくると、智春は黙って腰かけた。わたしも隣に座る。散歩中、いつもここで座って時間をつぶすのだ。ちょうど木陰になっているため、この季節にはちょうどいい。

智春は組んだ両手を、自分の足のあいだでわずかに動かしている。わたしは空を見た。雲一つない、とまでは言わないけど、いい天気だ。部屋に戻ったら、タオル類を洗濯しようと決める。

もしかすると智春にも、何か決めたいことがあるのかもしれない、と何も言わない彼の隣で思った。わたしに言えないけど悩んでいることがあって、それで珍しく散歩なんて思いついたのかもしれない。

わたしもまた黙って、夕食の献立を考えることにした。冷蔵庫には何が残っていただろうか。智春は、平日ほとんどコンビニで買ったもので食事を済ませている。週末の夜くらい、何か作ってあげたいと思う。

「あのさあ」

献立を考えるのに熱心になっていたので、隣から呼びかけられて、ちょっと驚いた。それでもなんてことないふうに、うん、と答える。

「結婚しませんか」

「え」

わたしは思わず隣を見た。智春は斜め下あたりを見ていたようだったけど、わたしが動いたのがわかって、こっちを見た。なぜか気まずそうな顔をしている。

この遊歩道でまた、大きな選択をすることになるんだな、と思った。はい、と答える自分の声が、六月の空気の中にすぐに溶けていく。

読みかけの漫画を思い出すみたいに
わたしのことを思い出してよ

どうしてあのとき、好きな漫画の話になったのだっけ。細かいところはもう思い出せない。新設校の生徒会役員になって、知り合った男の子が、最初はヤンキーっぽくて怖いんだけど、仲良くなるうちにどんどん優しい部分が見えてきて、猫を拾ったりしていて、などとストーリーを熱心に説明しているわたしに、夏樹は言ったのだ。

「読んでみたいな。貸してよ。会うたびに一冊ずつ持ってきて」

不思議な提案だと思った。一冊ずつ？

だから訊ねたのだ。

「なんで？　いっぺんにじゃなくて？」

「うん、一巻ずつ。そのほうが、じっくり読める気がするし」

「いいけど、全部で八巻あるよ」

そう言ってから、わたしは付け足した。

「もし、貸してる途中で別れちゃうことになっても、ちゃんとどこかの漫画喫茶とかで読みきってね。すごくおもしろい漫画なんだから」

夏樹は苦笑していた。付き合っているあいだ、彼のその表情を、数えきれないほど見た。唇の上がる角度までを正確に記憶している。

「またそんなこと言う。別れないよ」

確かにわたしは、そういうことを言いがちだった。でも本当に別れると知っていたなら言わなかったと思う。他に好きな人ができたなんていう、ありふれていてつまらない、それでいてわたしを深く傷つける理由で、夏樹がわたしのところから去ってしまうと知っていたなら。

別れないと思っていたからこそ言ったのだ。別れないよという言葉を聞きたくて。安心したくて。

恋を失う、と書いて失恋。恋は確かに失われたし、手元からは好きな漫画の六巻だけがぽつりと消えた。

もっとも、別れた直後は、貸している漫画のことなんて、すっかり忘れていた。本も漫画も読めないくらいショックを受けていたので、本棚の中身にまるで無頓着になっていたのだ。失われたのは恋だけではなかった。目に見えるものも、見えないものも、たくさん失われたように感じられた。

わたしはそれら一つずつを、新たに探したり、上手にあきらめたりした。仕方なかった。よく読んでいた少女漫画みたいに、あいつのことなんて忘れておれと付き合おうよ、と言い出してくれる男の人なんていなかったし、ある日突然、鼓動が高まるような運命的な出会いなんて訪れなかったから。もう学生でもないし、そもそもわたしは漫画の主人公じゃないのだ。

少しずつ元気になっていくうち、六巻の不在に気づいた。

同じくこの漫画を愛する女友だちと会ったときに、事の顚末《てんまつ》を伝えると、次に会ったとき、書店にあったよ、とプレゼントしてくれた。失恋したのを心配してくれていたのもあったのだろう。

女友だちの優しさを存分に感じ、再び手元に戻った六巻をパラパラとめくり、感激した。体育倉庫でのキスシーンも、海岸での泣けるやりとりも、ずいぶん懐かしいものに思えた。

夏樹は、あのコミックスをどうしたんだろう、と考える。本棚に残すような不自然なことは避けそうだし（新しい彼女に「なんでこれだけあるの」と聞かれるだろう）、多分捨てたのだろうな、と思うたび、寂しさと苦しさがまじった思いが胸に広がる。

またどこかで、うっかり彼に会うようなことがあったのなら、漫画は最後までちゃんと読みきったのかを訊ねたいと思っている。

付き合えて楽しかったとか、正直言うとまだ夏樹が好きだとか、やっぱりわたしじゃだめなのかとか、そんな情けなくてみっともないことを言いそうになってしまったときの代わりにでも。

錯覚でも勘違いでも誤解でもなんでもいいよ
好きで大好き

もしかして朔也は、あたしのために作られた特別な存在なんじゃないかって、しょっちゅう思う。逆かもしれない。あたしが、朔也のために作られた特別な存在なのかもしれない。だとしたら、どんなにすごくて素晴らしくって夢みたいな奇跡だろう。

「あれ、起きてる」

目を覚ました朔也が、彼の寝顔を見つめていたあたしに気づき、眠気をたっぷりと含んだ声で言った。こっちが答えるより先に、見てたのー？　と言い、あたしの髪の毛を片手でくしゃくしゃといじる。なでるというよりも、こするような感じ。

「やめてよー」

あたしの声はどうして、朔也に向けられると、自分でも意外なほど甘いものになってしまうんだろう。これもまた、特別な存在であることの証明だったならいいのに。怒るつもりが笑ってしまう。

お金を稼ぐための手段でしかなかったアルバイトが、朔也に出会って、大切なものに変わった。ううん、バイトだけじゃない。あたしの生活や毎日は、彼の存在によって、色をつけ、光を放つようになった。

今まではラブソングを聴いていても、いい曲だな、って思うくらいで、なんていうか、ほんとのところは全然わかってなかった。表面だけをなぞってたんだと思う。

でも朔也に出会って、一緒にいるようになって、目や耳にするあらゆる言葉が、あたしやあたしたちのことを書いたものなのかも、って思うようになった。言葉だけじゃなく、花とか草とか、イルミネーションとか、夕焼けとか、今までは、見てもなんとも思っていなかったはずのものが、突然強烈に意味を持ってるみたいに感じられるようになったのだ。よく、神様お願いします、と心の中で唱えていた。期末テスト当日とか、運転免許試験の結果発表とか、遅刻寸前のタイミングとかで。でも神様の姿っていうのは浮かんでなかった。今、もしも願い事を唱えるようなことがあったら、あたしは朔也を思い浮かべるんだろうと思う。朔也の姿かたち。

男の人と付き合うのは、別に初めてのことじゃない。でもこんなにも相手のことが好きで好きで、ずっと触れていたくて、一緒にいないと不安になって、彼と出会う前の自分を思い出せなくなるような、こんなのは初めてだ。

ずっと恋だと思っていたものは、全然恋じゃなかったんだと知った。もしくは、今までのが恋なら、これは恋なんていう箱にはちっともおさまらない。

朔也はものすごくかっこいいってわけじゃない。目と目のあいだが近すぎるし、全体的にちょっとサルっぽい。でも、朔也と引き換えに、どんなかっこいい俳優やアイドルと付き合えると言われても、あたしは断る。

どこがいいとか条件をあげたり、項目ごとに点数をつけたり、そういうことは全然できない。ただ、彼が無条件に好きだ。彼を構成する要素の一つ一つが、とてつもなくいとおしくて、信じられないほど欲しくなる。

「バイト行きたくないなあ」

布団の中で、朔也に抱きしめられたままの体勢でつぶやいた。今日はお昼からバイトだ。あと二時間もすれば、この体温から遠ざからなければいけなくなる。考えると絶望しそう。

「おれも。めんどくさいね」

朔也は夕方からバイトだ。あたしは自分のシフト以上に、彼のシフトを記憶している。あたしの脳は、今やほぼ、朔也のために活動している。彼を思い、彼にまつわることを記憶し、彼にさらに近づくために考える。脳以外にも、あたしのあらゆる部分。身体だって、彼に触れられることでようやく意味を持つのだ。

このまま溶け合って一つになれたら、どんなにいいだろう。もともと一つのものだったのだと言われても不思議じゃないくらい、あたしたちの身体はよく馴染む。

ずっと一緒にいようね。どこまでも。とにかく二人で走りつづけようね。

声に出さずに願いながら、あたしは朔也の身体にしがみつく。

本当に食べたいものはわからない
色とりどりのケーキが並ぶ

「よかったらケーキビュッフェに付き合ってくれない？」

彼の言葉は、適当に理由をつけたアプローチかと思いきや、本当にケーキが大好きで食べたかったのだとわかったのは、ビュッフェ会場である、ホテルのレストランに到着してすぐのことだった。

案内された席に座った時点で、並んでいるケーキを見つめる目が輝いていた。この人、こんなにも嬉しそうな表情をするんだな、と初めて知った。少なくとも、一緒にグループを組んでいるゼミの授業では、まるで見たことのない表情だった。

グループ課題をやっているうちに、どうして甘いものの話題になったのかは思い出せない。昔からケーキが大好きで、高校時代はよくビュッフェに行ったりもしてた、とわたしが言ったことに、特に反応していなかったから、あとでわざわざ誘われたのは意外だった。

「本当はあの場ですぐ言いたかったんだけど、なんか恥ずかしくて。他の女子もそこまで反応してなかったのに、俺が言うって、不自然じゃん？」

大量のケーキを目の前に並べて、彼は言う。

ショートケーキ、モンブラン、ガトーショコラ、紅茶のゼリー、ベイクドチーズ、正体がわからない赤いソースがかかったケーキ、ティラミス。

ほとんどは正方形、もしくは丸い形にカットされている。順番に一つずつたいらげていく彼の様子は、いっそすがすがしい。身長が高く、手も大きいせいか、彼の前に置かれたケーキは、わたしが取ってきたものよりも、小さく感じられる。

「本当に好きなんだね」

わたしが言うと、彼は深く頷いた。

「ずっと食べてたい。死ぬ前の最後の食事にも、絶対ケーキ選ぶよ、俺」

「そこまで？」

冗談で言ったのかと思い、ちょっと笑ったけど、また頷いた彼の目は笑っていない。真剣らしい。

わたしがまだ一皿目に手をつけている段階で、彼は三皿目と四皿目のケーキを持ってくる。ケーキは日替わりながら、常に数十種類あるのが、ここのビュッフェの売りだ。もちろん場所は彼が選んだ。全種類いくとして、二巡目をどれにするか選んでおかなきゃな、とさっきつぶやいていたのも、どうやら冗談ではなかったようだ。

ピザやポテトも一緒に持ってきたわたしに対し、彼のお皿は、とにかく甘いもの一色だ。

わたしは訊ねた。

「しょっぱいもの欲しくならないの？」

「ならない。その分、甘いもので胃を満たしたいから」

ここまで徹底していると、もはや芸のように感じられる。

普段から甘いものをいっぱい食べるのかとか、甘いもの以外に好きな食べ物はないかとか、そんな話をしているうちに、わたしも三皿目に突入し、だいぶお腹が苦しくなってきた。彼がわたしよりも多く食べているのは確かだけど、もう何皿目なのかはわからない。彼自身もわかっていないと思う。

「さすがに苦しくなってきた」

彼が言い、そりゃそうだよ、とわたしは笑った。彼も笑った。

「でも今日、来られてよかった。一人だと来にくくて」

周囲はほとんどが女性客だ。男性一人で来ている人というのは見当たらない。

「わたしもよかった。久しぶりにビュッフェ堪能できて」

それにいろいろ話せて楽しかった、と付け加えるべきかどうか迷っていると、彼が言った。

「彼女、甘いもの、あんまり好きじゃなくてさ。やっぱりこういうのは、甘いもの好きな人とじゃないと厳しいでしょう」

「えっ、そうなんだ」

驚いたのは、彼女の好みじゃなくて、彼女の存在にだったけど、説明しようとは思わなかった。

彼女、いるんだ。

「よかったらまた誘わせてください。いいところ探しておく」

「あー、うん、ぜひ。でも、彼女、二人で出かけるとかいやがらないの？」

軽く響くようにして、言った。

「大丈夫。今日のことも伝えたら、いってらっしゃーい、って感じだった」

「そうなんだ、いい彼女だね」

「なのかなあ」

言葉では曖昧にしつつも、嬉しそうな顔をしている。今日、こんな顔の彼を見た気がする、と思い、すぐにわかった。並んでいるケーキを見つめていたときの顔とそっくりだ。

いきなりお腹のあたりが重たく感じられるのは、ケーキのせいなんかじゃない。わたしはこの人のことを好きになりかけてたんだなということに、まだ残るケーキを見つめながら、ようやく気づく。

どこで掛け違ったのかな
悲しいというよりも寂しいおしまいだ

ここのオリジナルメニューだという、ストロベリーミントソーダは、やけに甘ったるい味がする。そういえば以前頼んだチャイもずいぶん甘かったような気がする。うっすらとレモンの香りがする水と交互に飲むことにした。

最初にデートしたときの待ち合わせ場所が、このカフェだったのを、きっと彼は忘れているだろう。待ち合わせをここにしようと電話で提案したときに、言ってくれるかなと期待していたのに、結局何も言い出さなかったから、忘れているのだとわかった。

やってきてから思い出話を始めるようなタイプじゃないことくらい、二年の付き合いの中で把握している。もっとも、店内に入ってから思い出すことならありうるかもしれない。

わたしも記憶力はとりたてていいほうじゃない。でもこの場所について強く記憶しているのは、店内での会話じゃなくって、遅れてきた彼の表情のせいだ。

ここは店の照明の加減で、外から中はあまりよく見えないようになっている。逆に中からは、近づいてくる人の表情が見えるのだ。

あの日、わりと離れていたのに、あれが彼だとすぐにわかった。早く来ないかな、と窓の外ばかり気にしていたからだし、何よりも、わたしは彼を見つけるのが上手だったのだ。

彼がチェックのシャツとジーンズを身につけていたことまで憶えている。そして表情。急ぎ足で店に近づいてくる彼の口の端は、わずかに上がっていた。上がってしまうのを必死で抑えているかのようだった。事情を知らない誰かが見ても、いいことがあったのだとわかるような顔を、彼はしていた。

そのあと店内に入ってきて、わたしを見つけたときの彼は、もう抑えきれないという感じに笑っていた。わたしと会うことで、こんなにも嬉しそうな顔になってくれるんだな、と思うと、胸が苦しくなるくらい幸福だった。わたしもきっと、同じような表情を浮かべていたと思う。

わたしたちはいつのまに、あの瞬間を失ってしまったのだろう。会えるだけで嬉しいと思っていた気持ちを、どこに落としてきたのだろう。

待ち合わせ時刻にはまだ時間がある。きっと彼は、いつものようにギリギリにやってくるだろう。

窓の外に目をやる。最近は決まったお店か自宅でしか会っていないので、歩いている層がずいぶん違って感じられる。ここのほうが若い人たちが多い。

平日なのにカジュアルな私服で歩いている二人は、大学生のカップルだろうか。大学を卒業して三年も経つという事実を考えて驚いてしまう。いつだって時間の流れは、自分が思うよりもずっと速いものだ。

彼と付き合っている二年の月日だって、思い返せばあっというまだ。些細《ささい》なやりとりや喧嘩を積み重ねて、徐々に二人の関係性や居場所を移動させていった。

こんなふうにデートらしいデートをすること自体が、とても久しぶりだな、とわたしは思う。ここに来る前の電車の中でも思っていたことだ。今日は映画を観てから、少し飲もうと話している。食事はこのお店で軽く済ませておくつもりだ。

映画を観ようというのはわたしの提案で、彼はそれにあまり乗り気じゃないようだというのが、電話越しでもわかった。それでも気づかないふりをしたのは、デートらしいデートで、見えない関係性がまた変わる可能性に賭けたかったからだ。

水を飲んで、時間を確認する。待ち合わせ時刻二分前。

そろそろだろうか、とまた窓の外をしばらく眺めていて驚いた。彼が近づいていた。かなり近づくまで気づかなかった自分にも、さらには彼の表情にも。

嬉しそうどころか、その逆だった。音は聞こえないが、ため息でもついていそうな、険のある、疲れた顔をしている。事情を知らない誰かが見ても、これから憂鬱な何かがあるのだと感じるだろう。

スーツ姿の彼が視界から消えてもなお、窓の外を見つづけていた。

「ごめん、遅くなった」

声がして、ようやくそちらを向くと、今さっきよりはいくぶん柔らかな、それでもけして楽しそうではない表情の彼が立っていた。この人はもうわたしのことを好きではないのだと、言葉ではなく、その表情が強く伝えていた。

伝えなきゃいけないことが溢れてる
覚悟を決めて動かす唇

眠りを破ったのは、ドアチャイムだった。

ピンポーン、と高らかに鳴り響く音が、夢から現実へと引き戻し、自分を取り巻く状況を少しずつ認識していく。

そうだ、午後の授業を二人してサボって、剛史の家に来たのだった。それでセックスして、いつのまにか眠ってしまったらしい。二人とも裸のままで、剛史の実家から送られてきたというう、ガーゼ素材の薄緑色のタオルケットだけを巻きつけて。

「誰だろう」

隣で剛史がつぶやくけど、もちろんわたしにわかるはずはない。首をかしげた。

またチャイムが鳴る。ピンポーンピンポーン。今度は二回。

新聞のセールスとか？　と言いかけたところで、次は着信音が鳴った。わたしではなく剛史の携帯電話だ。画面を見て、あれ、とつぶやいてから、彼は通話しはじめた。

「もしもし？　うん。うん。え、今？　今鳴らしたのそうなの？」

相手の声は聞こえないが、話の流れからしてどうやら、今チャイムを鳴らした人だとわかった。じゃあセールスじゃない。少なくとも、彼の携帯電話番号を知っている人。

「いや、うん、いるけど。いや、寝てて。そう。ごめん、ちょっといきなりだったからさ。待ってよ」

眠っているあいだに夜になっていたせいで、部屋は暗く、目の前の剛史の表情も細かいところまではわからないが、どうやらだいぶ焦っているようだった。わたしは手さぐりで、周囲に投げっぱなしにしていた自分の下着や服を身につけていく。

彼も通話を続けながら立ち上がり、下着や服を身につけていく。かなり急いでいる。はい、と言って通話を終えた。

「やばい。親父だった」

「え？」

「東京来てるんだって。そんなこと言ってなかったのに。あー、もう、仕方ないよな。ちょっと玄関行く。このへん片付けておいて」

「え」

「いきなりすぎる」

最後の言葉は、わたしにというより、独り言のように出てしまったものらしかった。

いきなりなのは、剛史にとってだけじゃない。むしろわたしのほうが、だ。慌てて立ち上がり、タオルケットと敷き布団を畳むと、押し入れに詰めこむ。無理やりふすまを閉めている間にも、玄関で二人が話す声がする。

電気をつけたときに、ちょうど、部屋に入ってきた彼のお父さんと、思いきり目が合った。

「お、お邪魔してます」

喉がカラカラなせいもあり、声がかすれた。

「こんばんは」

あまり驚いた様子がないのは、玄関で既に彼が伝えていたのかもしれない。あるいはわたしのパンプスを見ていたのかも。

後ろから彼が、わたしにだけ見える位置で、しかめっつらで入ってくる。わずかに顔を傾けたのは、ごめん、ということなのかもしれないが、別に彼を責めても仕方ない。

似ていないんだな、と思った。彼よりも背が低いお父さんは、眼鏡をかけていて、神経質そうに見える。唇を開きかけたお父さんの顔をこっそり窺いながら、叱られるかもしれない、と思った。

ところが、口から出てきたのは、予想外にも思える言葉だった。

「剛史、ビール買ってきてくれないか」

「ビール？」

訊き返した彼に続き、わたしは言った。早口で。

「あの、わたし買ってきますよ」

「いや、いい。剛史が買ってきてくれ」

穏やかな口調だったけど、これ以上反対することができない雰囲気があった。剛史もそれを読み取ったようで、わかった、と言い、こちらを見ることもなく、台所に置いてあった財布だけをつかむと、玄関へと向かった。ドアが開いて閉じる音がする。

少しだけ黙っていたお父さんは、改めてわたしを見て言った。

「お名前うかがってもいいかな」

「あ、はい。い、磯村です。磯村有紗です」

やっぱり早口になってしまう。お水が飲みたいと思った。

「磯村さん」

こっちに呼びかけるというのではなく、初めて聞いた響きを確かめるような言い方だったので、返事をしていいものかわからなかった。両手を組み、次の言葉を待つ。

お父さんの雰囲気や口調からして、怒鳴られたりはしない気がした。でも、淡々と注意される事態は充分にありえそうだった。礼儀知らずなのは、こちらなのだから無理もない。泣かないようにしなければ。

「あいつのこと、よろしくお願いします」

お父さんは、まっすぐにこっちを見ていた。

「え、いいえ、こちらこそ、あの、お世話になっていて」

「結構しょうがないやつなんですけどね」

わたしのしどろもどろな挨拶に対し、お父さんは柔らかい口調になってそう言うと、小さく笑った。

サークルのみんなにも内緒にしていた。高校時代の友だちに、彼氏ができたと伝えはしたけど、実際に会わせるようなことはしていなかった。まさかこんな形で、自分たちの関係を知る人がいるなんて。しかもそれが、彼のお父さんだなんて。

「あの、よろしくお願いします」

わたしはなんとか言い切ると、頭を下げた。自分の裸足のつま先が目に入る。頭を上げたら、微笑もうと決めた。

笑ってたシャッターを押しつづけてた
言えないことの代わりみたいに

軽く掃除するつもりのはずが、やりだしたら止まらなくなり、しばらく手つかずの状態だった収納スペースにまで手をつけはじめている真夜中だ。

お菓子が入っていたと思われる、綺麗な箱を開けてみると、中には大量の写真が入っていた。

一番上にあったのは、少しぼやけた後ろ姿で、それが誰なのかは即座にわかり、わかると同時に、懐かしさが全速力でわたしの中を駆け巡る。

十八歳の三月。卒業旅行という名目の、その温泉旅行を、一番楽しみにしていたのは、間違いなくわたしだっただろうと思う。

在学中は禁止されていたはずの普通免許取得を、笹田はとっくに済ませていた。笹田の運転する車にみんなで乗りこんで、写真を撮りまくった。みんなのことはもちろん、街路樹、木、空、自販機。目につくあらゆるもの。

「こんなんどこにだってあるだろー。っていうか新しいデジカメ買えよ、デジカメ」

運転席の笹田が突っ込みを入れるたびに、他のみんなが笑った。わたしのデジタルカメラは直前に壊れたばかりで、めったに使われなくなった使い捨てカメラをいくつも持っていったのだ。突っ込まれるたびに、わたしも笑った。何を言われても嬉しくて、にやにやして困った。

温泉に到着してからも、写真を撮った。そしてとてもよく笑った。本当に楽しくて仕方なかったからなのか、笑っておきたいと思ってそうしていたのか、自分でもわからなくなるくらいだった。

深夜、飲み物やお菓子が足りなくなって、近くのコンビニまで買い出しに行くことになった。じゃんけんに負けたのは、笹田とわたしだった。ついてねえなあと笹田は言ったけど、わたしにしてみたら、ものすごくラッキーだった。

重たいほうの荷物を当然のように持ってくれた彼と歩きながら、言葉に出来ないことばかりを思った。東京の話ばかりした。来月、彼は地元の大学に、わたしは東京の大学に進学することが決まっている。

ホテル到着直前、少し先を行く笹田の後ろ姿を撮った。笹田が振り向いて、プライバシーの侵害だよと言って笑った。

翌日も、写真を撮りつづけた。シャッターを押しながら、どんどん気づいていった。

このメンバーで旅行するなんて、最初で最後だということ。（カシャッ）

笹田の隣で笑う女友だちは、きっと彼のことを好きだということ。（カシャッ）

笹田もまた、その子のことを悪くないと思っているであろうこと。（カシャッ）

自分が笹田を好きなこと。（カシャッ）

すごくすごく好きなこと。（カシャッ）
だけど好きだとは言えずに終わっていくこと。（カシャッ）
みんなこのままではいられないこと。（カシャッ）
ずいぶん時間が流れたけど、あのメンバー全員が揃ったのは、成人式のときくらいだ。それからも何度も季節を越えた。写真は現像したら焼き増しして渡すねって約束していたのに、結局誰にも渡さないままになってしまった。
笹田は一昨年結婚した。わたしも、隣で笑っていた女友だちも、知らない女の人と。今も地元で働いているはずだ。
わたしは箱の蓋をまた元に戻す。写真をすべて確認したいような気持ちもあるけど、このままにしておきたい気持ちのほうが強くて。

気がつけば季節は巡りまた見てる
同じ桜を違う気持ちで

カーテンを開けると、ピンクの固まりが目に入った。

「ねえ、咲いてるよ。満開じゃない？」

リビングのソファで横になっていた耕太に呼びかけると、ええ？　とさして興味もない声をあげつつ、それでも立ち上がり、窓際へとやってきた。

「ほんとだ。いつも遅いよな、ここの桜」

この六階の部屋の窓から、桜が見えることに気づいたのは、引っ越して一年ほどしてからだった。引っ越したのが五月末だったため、見える部分は葉桜となっていて、植物にうとい耕太もわたしも、それが桜の木だとは気づかなかったのだ。翌年の四月に入ってようやく、桜じゃないかと思い当たった。

一軒家の庭に植えられているもので、それは、桜を見つけて興奮した状態で、散歩に出かけて判明した。駅から家に帰るまでのルートからは逆だったので、行ったことのないエリアだった。

東京の開花宣言から、一週間ないしは二週間遅れで咲くのは、種類のせいかもしれないし、陽当たりの問題かもしれない。満開になるのもそれだけ遅く、今も既に他の場所では、花びらは落ちてしまっているはずだ。

「あとで散歩行こうよ」

いいよ、と言ってもらえるかと思いきや、斜め後ろから、えー、と声がする。

「ここからでも充分見えるじゃん」

「せっかくなのに。今年はお花見してないじゃん」

「じゃあ今しよう。ほら、よく見えるよ」

後ろから両肩を抱かれ、身体をより窓へと近づけられる。

「いい。あとで一人で行くから」

不機嫌に言おうとしたのに、ちょっと笑ってしまった。耕太は、桜という言葉が歌詞に入っている、数年前に流行った歌を口ずさんでいる。

引っ越してきたのは三年前だ。だからここで満開の桜を見るのも、三回目ということになる。去年と一昨年は、散歩に出かけて、間近で見たのだった。

耕太がソファに戻っていったのが、歌声の遠ざかり方と、気配でわかる。わたしは窓を開け、ベランダに出ることにした。置きっぱなしにしている、黒のサンダルは、片方が裏返っている。片手で戻して、履いた。

ベランダが広いから、ここに引っ越してきたら、天気のいい日は外に出てごはん食べたりするのもいいかもね、なんて話していたけど、結局三年経った今も実現していない。ベランダ用のテーブルや椅子を、引っ越し直後はばたついていて買いそびれていた。思い出しては買おうと思うのに、優先順位はどうしても高くならない。二人で生活していると、壊れるものや必要なものが他に出てきてしまうのだ。

ベランダで、思いのほか強い風を髪や頬に受ける。ほんの少しだけ近づいた桜は、それでもやっぱり遠い。あとで間近で見たいなと思いながら、さっき耕太が歌っていた曲を、小さく口ずさむ。

この強い風では、満開の桜も、すぐに散ってしまうだろう。

桜を気にするようになったのは、大人になってからだ。通っていた中学校の前には、桜並木があったけど、さして気にとめていなかった。年々花が好きになっていく。

来年はきちんとお花見したいなあ、と思い、ここにテーブルや椅子を置くところを想像してみる。耕太がテーブルに肘をつき、身体がわずかに斜めになっている姿まで思い浮かべたところで、でも、来年もここに住んでいるかわからないんだな、と気づく。

ひょっとしたら引っ越してしまうかもしれないし、耕太と別れてしまうかもしれない。現実味はないけど、けしてありえないということでもない。

「ここでお花見することにしたの？」

開けた窓から上半身だけをこちらに傾かせて、耕太が話しかけてくる。

同じ曲を口ずさんでいたのが気恥ずかしくて、慌てて歌うのをやめた。

「あとで散歩するけどね」

「好きだねー、桜」

好きなのは桜じゃなくて、変わっていくものかもしれない、と思ったのは口にしない。うまく伝わらないと思ったから。

「大人だからね、大人」

「なんだそれ」

耕太が困ったように笑う。笑うと、細い目が、くしゃりとなってさらに細くなるのだ。今年も、この人と桜を見ている。

共有はしきれないって知っている手帳にマークを書き込んでいく

土曜のデパートはかなり混雑していて、セール品のスカートを買うまでに、思いのほか時間がかかった。途中、やっぱり諦めようかと思ってしまったくらいだ。

スカートに対して大きすぎるような気がする紙袋を持ち、エスカレーターで上の階へと進む。書店で待っていると、慧は言っていた。おそらく漫画雑誌か週刊誌でも立ち読みしているだろう。

他の店に比べると、書店はさほど混んでいなかった。慧はすぐに見つかった。意外にも音楽雑誌を立ち読みしていた。

「お待たせ」

「おお。買えたの？」

わたしがショップを決めたところで別れたのだった。うん、と答え、紙袋を持ち上げた。

「音楽雑誌読むなんて珍しいね」

「いや、こないだテレビで見て、気になるって言ったバンドあったじゃん。ちょうどインタビュー出てたから。まだ十代なんだって」

そういえばテレビを見ながら、この曲かっこいいな、なんてバンドだろ、というようなことを言っていた記憶がある。わたしは、へえ、と驚きまじりの相づちを打った。

「あとはなんだっけ？」

「スニーカー買おうよ」

「あ、そうだそうだ」

慧は気にいった靴ばかりを履きつづける傾向があって、今履いている黒いスニーカーは、けして古くはないのだが、ずいぶんと年季の入ったものに見える。システムエンジニアである慧の職場は、私服ＯＫで、毎日カジュアルな格好をしている。

システムエンジニアという彼の仕事の実情を、わたしはほとんど把握できていない。日々、パソコンを操作しているのだろうなという程度の認識だ。あと、企業受付というわたしの仕事とはまるで違うなということくらい。

付き合って五年、一緒に暮らして三年半も経つというのに、まだ知らない部分がたくさんあるのだ。その事実に、驚くというよりも、納得させられる。どんなに長い時間を過ごしたところで、すべてを共有できるわけではないのだろうと。

書店を出ようとして、わたしは、あ、ちょっと待って、と慌てて声をあげた。入るときには見過ごしていた、手帳コーナーという一角が視界に飛びこんだからだ。

「どうしたの？」

「手帳買って」

「え？　いや、いいけど。早くない？」

「いいよ」

十月に入ったばかり。確かにタイミングとしては早めなのだが、スーパーにはしょっちゅう出かけるものの、デパートとなると、次に来るのはいつになるのかわからない。だったら今日買ってもらうほうがいい。

手帳はとにかく薄くて小さい、一月から十二月までの一年限りのものを選んでいる。可愛らしすぎるキャラクターものを省くと、選択肢はだいぶ少なくなる。今はまだ出はじめのせいか、種類もそこまで揃っていないので、余計に。

そんなに時間をかけずに、少ない選択肢の中から、一つを選び出した。手前に置かれたサンプルで中身を確かめる。塩化ビニール製だろうか。ツルツルとした手触りの水色の表紙。黒く細い線で、東京タワーのような建造物が描かれている。微妙に形が違うから、東京タワーではないのかもしれない。中は予定が書き込めるカレンダーや、メモスペースや、地下鉄路線図。今使っているものとほとんど変わらない。

サンプルの後ろにある、ビニール包装された一つを取り、裏側の値段を確かめた。七百円ほどだ。

「これ買って」

言いながら、慧に手渡した。ごくわずかにうなずいて、受け取った慧が言う。

「変な習慣だな」

少しだけ笑っている慧に、いいじゃん、と返した。二人でレジのほうへと向かう。

慧は憶えていないのだろう。付き合い出してすぐのデートで、こんなふうに二人で書店に寄って、わたしが手帳を買おうとしていたら、慧が、いいよ、とレジでお金を出してくれたのだ。そのときも別に高価な手帳というわけではなかった。今と同じようなものだ。でも本当に嬉しかったのだ。この人のことが好きだ、と強く意識した。抱きつくのを我慢したくらい。

今まで買ってもらった手帳は、一年使いきったあと、まとめて引き出しに入れてある。どんどん増えればいいなと思っているのも、きっと慧は知らない。でもいい。知らなくていい。すべてを共有する必要なんてないのだ。

「ありがとう」

会計を終えた慧に、わたしはお礼を言った。

欲しいものは持ってないもの
欲望は尽きないくせに退屈してる

子どものころ、お母さんが二つのものを買ってくると、どっちを選ぶか本当に迷った。色違いの洋服とか、似たようなおもちゃとか、種類の違うケーキとか。

どっちを選んでも、お姉ちゃんが選んだもののほうが、よかった気がしてしまうのだ。選択の順番が先であれ後であれ、手にしなかったもののほうが、いいものに見えた。

お姉ちゃんとあたしは一つしか違わなくて、子どものころから身長もだいたい一緒だった。顔はあんまり似ていなくて、性格はもっと似ていない。穏やかでおっとりとしているお姉ちゃんと、騒がしくて自己主張が強いと言われてしまうあたし。

優しいお姉ちゃんは、あたしの、交換しようよ、という言葉を、たいていの場合受け入れてくれた。仕方ないなあって言ったり、そんな表情を浮かべたりしながら。でも結果は同じだった。交換した途端、お姉ちゃんが持っているもののほうがよく見える。

結局あたしは、お姉ちゃんのものが欲しかったってだけなのかもしれない。

「やばい、こんな時間じゃん。出ないと」

メールなのかゲームなのか、携帯電話をいじっていた瞬くんは、突然そう言った。確かにチェックアウトまではあと十分ほど。少し前から気づいていたあたしは、えー、と言った。慌てるのはいやなのだ。セックスのあとの余韻ってものが、この人にはない。

「延長料金取られちゃうよ」

言いながら、瞬くんはもう、ベッドから出ている。どうせあたしのお金じゃないもん、と心の中で思う。彼といるとき、あたしは財布をほとんど出さない。出しても一応形だけとかそんなんだ。瞬くんも、さすがに女子大生からもらうわけにもいかないし、と言う。とはいえ新入社員の瞬くんが、そんなにたくさんの給料をもらってるとも考えにくいんだけど。あたしも仕方なく起き上がり、身支度をする。脱いだパンツをまた穿くのっていやだなあ、でもわざわざ新しいパンツを持ってくるっていうのもなあ、と思う。ラブホテルでシャワーは浴びない。髪を乾かすのに時間がかかるし、安っぽい石鹸の匂いが好きじゃないから。うっかり両親に感づかれでもしたら面倒くさい。あたし同様、実家住まいの瞬くんも、同じような事情なのだろう。

洗面所の鏡でメイクをチェックする。アイラインが滲んでしまっているけど、別に直すほどじゃない。髪の毛の乱れを、洗面台に置いてある、袋に入ったプラスチック製の黒い折りたたみへアブラシで整える。

「行くよー」

声をかけられる。んー、と答えて、一旦部屋に戻り、バッグを持つ。彼はドアの横にある機械に紙幣を投入している。

別にいとおしいわけでもないけど、なんとなく後ろから抱きしめてみた。なんだよ、と笑う瞬くんの声は嬉しそうだ。

コロンをつけているわけじゃないけど、瞬くんはいい匂いがする。あたしにも移っただろうか、といつも帰り際に思う。

会計を済ませ、ラブホテルを出て、そのまま彼の車で家まで送ってもらう。家までといっても、正面までじゃない。そんな命知らずなこと、あたし以上に、瞬くんがいやがるから、近くのコンビニまでだ。それですら瞬くんは、落ち着きがなくなっている。一刻も早く立ち去りたいと思っているのがわかる。

ビクビクしててかっこわるいなあ、とあたしは思う。だったらセックスなんてしなきゃいいのに、とも。でもそんなことは言わずに、今日もありがとう、と優しくお礼を言って、車を降りる。

家の玄関を開けて、二階の部屋に行こうとしたとき、ちょうど部屋から出てきたお姉ちゃんと会い、あたしは、わ、と小さく言った。さすがに驚いてしまう。お姉ちゃんもちょっと驚いたようだったけど、すぐに、おかえり、と言った。ただいま、と返す。

「お風呂入るの？」

「うん。お風呂出てきても帰ってこないようなら、流そうと思ってたよ。ぎりぎりセーフだね」

「え、ほんと？　よかった」

あたしは部屋に入る。すれ違うときに、自分から瞬くんの匂いがしているのではないかと、不安になる。でも一方では、全部打ち明けてみたい気もする。

お姉ちゃんが大学時代に付き合っていて別れた瞬くんと、買い物中に再会したのは、まったくの偶然だった。でも連絡先を交換したのも、会おうって言ったのも、全然偶然じゃない。あたしは知りたかったのだ。お姉ちゃんが瞬くんを、どのくらい好きだったのか。何度となく家に来ていたのは、結婚を考えていたんじゃないかって。

お父さんとお母さんに言ったら、お父さんはとんでもなく怒るだろうし、お母さんはとんでもなく悲しむだろう。今すぐに別れなさい、と二人は言うに違いない。でもお姉ちゃんがどんなことを言ってどんな顔をするのかは、いくら考えてみてもわからない。

あたしは自分の部屋の鏡を見つめる。やっぱりお姉ちゃんとは似ていない。

ささやかな熱も光もここにある
あなたが作るごはんを食べる

今日はおれが何か作るよ、と言って、道哉が食卓に出してくれたのはチャーハンとインスタントスープだったので、わたしは季節が冬を越えたのだなと改めて意識した。

冬は鍋、それ以外ならチャーハンかカレー、というのが、彼が料理を作ってくれるときのメニューだ。ごくたまにパスタとか、インスタントキットを使ったタコライスなんていうこともあるけど、それは本当に珍しい。

そのときどきで、使っている具材や味つけは異なるものの、さほど目新しい変化はない。それでもわたしは満足している。月に一度か二度作ってもらう分には、飽きたりもしないし、料理を作ってもらえる嬉しさのほうがずっと大きい。

もともと家事の中で、料理は苦じゃない、というよりも多分、好きなのだと思う。味もけして悪くないはずだ。道哉はいつも喜んで食べてくれる。むしろわたしが面倒に感じる、掃除や洗濯を、彼が進んでやってくれているので、バランス上の問題もない。それでもたまに人に料理を作ってもらえるというのは、しみじみと、いいものだな、と感じる。

チャーハンは、わたしが作るよりも、お米がパラパラになっている。炒め方の問題なのだろう。フライパンを豪快に扱うことが、わたしにはできない。

ありがとう、おいしい、と言うと、道哉は満足げに何度か頷いた。それから思い出したように言う。

「野菜、適当に使っちゃった」

「いいよ。どうせ明日買い物行く予定だったから、むしろ助かるくらい」

「重いものは買う？　おれ、午前中なら行けるけど」

「いや、お米もお水もまだあるし、特に重いものはないかな。大丈夫だよ。ありがと」

明日、彼は、友だちの結婚式の二次会でバンド演奏をするため、何人かでスタジオに入って練習するのだという。今もリビングの隅に置かれている、学生時代にバイト代を貯めて買ったというベースを持っていくのだろう。

「あ、見て、つながってた」

向かいに座る道哉が言うので、そちらを見ると、彼は箸で、緑の物体を持ち上げている。オクラだ。輪切りにしているのだが、完全に切れていなかったらしく、皮の部分でつながってしまっている。

「ほんとだ」

ほんの少し笑って言うと、道哉はそのまま口に運んだ。このあいだわたしがスーパーで買った、フィリピン産のオクラ。

不意に思い出す。付き合いはじめて間もない頃に、オクラのおひたしを食卓に出したとき、道哉が、オクラって、一人暮らし始めてから買ったことないな、と驚いていた様子を。しょっちゅう買うよ、と答えたわたしに、さらに驚いていた。

一緒に暮らすようになってから数年が経つ。タコライスのインスタントキットが切れているると買っておくようになったけど、彼と暮らすまでは、手に取ったこともなかった商品だ。道哉にとってオクラがそうであるように、気づいてもいないけど、当たり前になっているものが、たくさんあるのだろう。この空間の中に。この毎日の中に。

「なんで笑ってるの？」

問いかけられて、自分が薄く笑っていたことに気づく。

「ううん、別に」

「えー？　いや、絶対笑ってた。あやしい」

なんでもないって、と言いながら口にしたチャーハンを、これからも食べつづけられたらいいと、こっそりと願った。

結局は一人ぼっちだ
手をつなぎつづけたままで生きられないし

その結婚式の席次表は、数ページにわたった、ちょっとした冊子のようになっていて、最後のほうのページには、新郎新婦それぞれの自己紹介が掲載されている。顔写真と名前と誕生日。それからちょっとした質問。

印象に残っているデートスポットや、相手の好きなところといったものにまぎれて、どんな家庭にしたいですか、という質問が入っている。

それに対する新婦の回答はこうだ。

【何でも話し合える、明るくあたたかな家庭】

なんて若くて世間知らずなのだろう、とわたしは思う。何でも話し合えることが素晴らしいことだと考えられるのは、話し合う内容がすべて自分にとって不利益でないものだと思っているか、あらゆる問題は話し合いで解決すると思っているからだ。そしてどちらも大きく間違っている。

愚かだなと思うのに、わたしは新婦を笑うことができない。なぜならこの新婦というのは、ほかでもない、六年前のわたし自身だからだ。

収納スペースの掃除をしている途中で見つけた席次表。出席者は、今でも親しみのある人や、もう連絡を取らなくなって久しい人たちの名前が並んでいた。いずれにしても強い懐かしさをおぼえ、ページをめくっていき、自己紹介に行きついたのだ。

おそらく式場スタッフの用意したテンプレートに沿ってのものだろうとは思うが、この質問を思いついたのが誰なのかも、どんな気持ちで答えたのかも、まるで思い出せない。

ただ、この質問に答えていたわたしは、今のわたしよりもずっと無知で、それでいてずっと幸福なのだろうと確信できる。

席次表を再び紙製の箱にしまい、掃除の続きをしようと思うも、数日前に目にしたばかりのやり取りが頭に浮かび、どうしても離れていかない。

夫と、ハルカという名前で登録された女とのやり取りだ。正確なニュアンスよりも、ぎゅう、とか、キス、とか、エッチ、とか、一つ一つの単語にインパクトがあった。見知らぬハルカが使っていることより、もう四十歳近くなった夫が、それらの単語を打ち込んでいるのだと思うと嫌悪感が生まれた。

携帯電話はロックもされていなければ、やり取りもおそらく一つとして削除されてはいなかった。

もうどうにでもなってしまえばいい、バレたって構わない、という強気の行動ではなく、わたしが携帯電話をチェックしないという安心に基づいての行動だろうと思った。夫の性格上。そして夫は結局、わたしのことを何もわかっていないのかもしれない、と暗い気持ちになった。

セックスはしばらくしていない。婦人科に通ううち、夫が、子どもができにくい身体であるとわかってからのことだ。手術を勧めるのもためらわれ、なるべく話題から遠ざけるというお互いの不自然な気遣いが続き、性的なこと自体がうっすらとした気まずさに覆われてしまっている。

何でも話し合える、明るくあたたかな家庭があるのだと、そういう家庭が築けるはずだと、強く信じていた頃のわたしに、結婚生活に一番必要なのは、うまく嘘をつくことや、見てみぬふりをすることだと伝えたら、どんな顔をするだろうか。おそらく信じないだろう。そんな家庭もあるのかもしれないが、わたしには関係ないと突っぱねるだろう。

あの頃のわたしならば、ハルカとのやり取りについて、その場で問いただしたに違いない。入浴している夫のところに行き、浴室のドアをものすごい勢いで開け、怒鳴りつけただろう。

そんなふうじゃなくてよかったと思う一方、そんなふうにできることのほうが、よっぽど正しいのかもしれないとも思う。今やわたしは、自分がどれくらいショックを受けているのかもわからないほど鈍感になって、見てみぬふりを続けようとしている。

紙製の箱をまた開けようとして、押しとどめる。見たって仕方ないとわかっている。もう二度と夫の携帯電話を見ないと決めているように。

進む方角を未来と呼んでいく
わたしの足で踏み出していく

カクテル（名前を憶えていないけど、ソーダ系なのは確かだ）を飲みながら、女の人ってわかんないよな、と彼はつぶやいた。出た、とわたしは思う。

彼の頬は既に赤い。お酒に弱い性質なのだ。

ビールを飲みきってから、なんかあったの、となんてことのないようにして訊ねた。もっとも察しはついている。

「別に気にすることじゃないだろうな、とは思うんだけどさ」

そう言って、また少し黙った。

早く聞きたい気もするけれど、せかすのもいやだったので、ポテトをつまんだ。ここのポテトは、ニンニクと塩こしょうがきいていておいしい。頼んだのは彼だけど、おそらくわたしのほうがよく食べているだろう。

居酒屋の半個室になっている席で、向かい合っている。しばらく隣が騒がしかったが、さっき帰ったようで、今は落ち着いている。わたしはちらちらと、向かいに座る彼の表情を窺っている。

こちらの視線に気づいたわけではないだろうが、ようやく彼が話し出す。

「いや、前はさ、メールとかもっとしろとか言っておきながら、最近はむしろ、こっちが送っても、全然返信来なくて。単に仕事が忙しいからとか言ってるんだけど。まあ、そんなに気にすることでもないとは思うんだけどね」

さっきの沈黙を取り返すかのように、彼は勢いよく話すと、ふう、とため息のような長めの呼吸をついて、ソーダ系のカクテルを再び飲んだ。

「それは、気にすることなんじゃないの」

わたしが言うと、え、やっぱりそうかな、と彼は小さく笑った。

思わず苛立ってしまうけれど、苛立ちが、彼に対してのものなのか、彼の彼女に対してのものなのか、あるいは自分自身に対するものなのかわからない。どれも正解なのだ、きっと。

「なんか俺、女々しいよな。ごめん」

謝られて、ますます苛立ちと悲しさが生まれる。彼から飲もうよと誘ってくれるのは、たいていが、こんなふうに彼女のことで悩んでいるときなのだ。だから誘われるたびに、嬉しいし腹立たしい。わたしはよき女友だちで、彼にとっては、数少ない、女性の気持ちを聞ける相手なのだと思い知らされる。

なんて鈍感なのだろう、と怒ってしまいたい。

今まで聞いたエピソードを総合すると、彼女は浮気しているにきまっているし、百歩譲って浮気じゃなかったとしても冷めているのは確実だし、さっさと別れて、自分のことを好きな女と付き合うべきなのだ。そしてそれは、目の前にいるわたしのことだ。

「はっきり聞いたら？　最近メール少なくなったよね、とか」

　わたしの提案に、彼はすぐさま言葉を返す。

「いや、何度か言ったんだよね。でもそのたびに、仕事が忙しいし、とか、そんなに急ぎの用件じゃなかったから、とか軽い感じで流されちゃって。そういうふうに言われると、こっちがしつこくするのも変じゃん？　気まずい雰囲気になってもいやだし。だから結局はあきらめちゃうんだよな」

　また小さく笑う。彼女のことを話している彼は、自虐的に笑う瞬間が多くて、胸が詰まる。

「別れようとか考えないの？」

　わたしの質問に、彼が即座に、だよなあ、と言って、さっきよりもはっきりと笑う。痛々しい笑顔だ。少し痩せたような気もした。痩せた？　と聞こうかとも思ったけれど、彼の変化に敏感な自分を気づかれたくない。

「考えるべきだよなあ。やっぱり」

　彼の声のトーンが、一気に落ちた。顔もうつむいている。そのあとすぐに顔をあげて、メニューを手に取った。何飲もうかな、と言う声は明るい。わざと明るくしているのだとわかった。

　もう、そんな苦しい思いをしないでほしい。

「別れて、わたしと付き合えばいいのに」

驚いた。自分が思考を実際に音にしてしまったことに。本当に音にしたのは自分だったという実感はなかったが、向かいの彼が、口を開いて驚きの表情を浮かべているので、どうやら現実だ、とわかった。

何度となく、自分の中で繰り返してきた言葉だった。それでいて、けして実際に口に出すことはないだろうと思っていた言葉だった。

ちっとも酔っていないつもりだったけど、酔っているのかもしれない。彼はまだ驚きの表情を浮かべている。変な石像みたいだ。わたしは思わず笑った。

文庫版あとがき

本書はもともと、前半に収録した、色にまつわるショートストーリー&短歌のみで、『いろごと』というタイトルで、単行本として刊行しておりました。

そこにさらに後半に収録している、恋愛にまつわるショートストーリー&短歌を加え、修正などをして、このたび改めて『いびつな夜に』という文庫になりました。生まれ変わって違う形でお届けできること、とても嬉しく思います。


単行本、今回の文庫化と、携わってくださったたくさんの方に感謝しているのですが、中でもイラストを担当してくださったｍｉｃｃａさんには、本当に頭の下がる思いです。

ｍｉｃｃａさんの描く女の人が、とても好きです。かっこよくて凜々しくて、柔らかさも持っていて、こんなふうになれたらどんなにいいだろう、といつもほれぼれしてしまいます。描かれている服やアクセサリーも、実際に販売してほしいものばかりなので、読者の方々もぜひ、細部まで眺めていただければと思います。

しかも文庫化に際して、解説という無茶なお願いまでしてしまったのですが、それも快く引き受けてくださりました。どうもありがとうございます！

ファミレスやカフェで、たまたま隣合わせた席での話に、つい聞き耳を立ててしまうことがあります。まるで知らない人たちの話なのに、思わず引き込まれたりしてしまうこともよくあります。

そんなふうに、どこかの誰かの話を切り取るような感覚で書いた一冊です。一話でも気にいるものが見つかったなら、とても幸せです。

最後になりますが、読んでくださったみなさんに、心から感謝します。ありがとうございます。また次の本でお会いできたなら嬉しいです。

また恋に落ちてしまうのかもしれない　いびつな夜を乗り越えていく

解説

micca

雑誌Ｇｉｎａの「いろごと」と題された連載に、新たに書き下ろしを加えたものがこの『いびつな夜に』だ。

わたしはその連載での挿絵を描かせてもらっていた。

連載の絵を描く時はひっそり自分の中でトーンとマナーを決めている。

今回における自分の中での決まり事は、まずは色（「いろごと」なので色しばりではある）、自立した女性を描く、ファッション誌なのでなるべくファッショナブルに、あとは文章に寄り添いすぎない事だった。

加藤さんの文章は、共感とか同じ体験をしなくても、主人公の気持ちがとってもリアルに感じられ、それがとても魅力的に思えたのだ。

Ｇｉｎａという雑誌はファッション誌で、もしかしたら読者には文章に興味がない人もいるかもしれない……。

そう思ったら、できるだけ間口を広げたくなった。

だから、文章に寄せるより雑誌に寄せて絵は描いていこうかなと、そんな事を思っていた。

短歌によりはじまり、物語の中で主人公のバックグラウンドが少しだけ見えてくる、ほんの短い文章で短く切り取られた時間。

その中で加藤さんが描く女の子達は普通に生きている。

なんとなくでも過ぎていってしまう日々があって、その中でふと浮き出る感情みたいなものが、短い文章に詰まっている。

思いがけず立ち止まってしまって、自分の気持ちを認識する。

その立ち止まるきっかけは案外ささやかな事で、加藤さんの文章はそのささやかを摑《つか》むのがとてもうまい。

別れたくないと思うけど別れたり、未練があっても取り戻せなかったり。
忘れたくなくても忘れたり。
続くわけないと思っていても、続いたり。
思った選択肢でなくても、その選択をいつのまにか愛せてしまっていたり。

ささやかを見つけて手放して、また続いていく。

私は何かしらの時間を封じ込めたいと思って絵を描く。
なぜなら現実の時間は止まらないからだ。

こんな風にささやかを摑みとれる加藤さんはきっと恋愛上手だし、縛っても何もかも見透かされると思って、加藤さんに聞いた所「わたし、全然自分の周りの恋の事とか気がつかないんです〜」とあっさり言われた。
ウソだろ？　という気持ちしかなかったけど、お話しできる関係が続いた今は、そうウソでもないのかもな？　と思っている。

加藤さんの文章や目線には詮索という感触がないからだ。

そういえば、いびつな形は愛おしいなと今回の絵を描く時にタイトルを見て思いました。恋したりすると、いびつな気持ちにならざるをえないのかもな……とも。

「解説」など初めての事でつたない私の感想になってしまっていると思いますがお許しください。

作品を通して、カトチエさんと出会えた事に感謝します。

――イラストレーター

この作品は二〇一四年十二月ぶんか社より刊行された『いろごと』に
書き下ろし原稿を追加し、改題したものです。

幻冬舎文庫

●好評既刊
真夜中の果物《フルーツ》
加藤千恵

久々に再会した元彼と飲むビールの味、男友達と初めて寝てしまった夜の記憶、不倫相手が帰っていった早朝の電車の音……。三十七人分のせつない記憶を一瞬ずつ切り取った短編小説＋短歌集。

●好評既刊
その桃は、桃の味しかしない
加藤千恵

高級マンションに同居する奏絵とまひるは、同じ男性の愛人だった。奇妙な共同生活を送るうち、奏絵の心境は変化していく。恋愛小説の新旗手が「食」を通して叶わない恋と女子の成長を描く。

●好評既刊
ラブソングに飽きたら
加藤千恵　椰月美智子　山内マリコ
あさのあつこ　ＬｉＬｙ　青山七恵
吉川トリコ　川上未映子

実らなかった恋、伝えられなかった言葉、人には言えない秘密。誰もが持っている、決して忘れられない〃あのとき〃。ラブソングより心に沁みる、人気女性作家が奏でる珠玉の恋愛小説集。

●最新刊
アルテイシアの夜の女子会
アルテイシア

「愛液が出なければローションを使えばいいのに」とヤリたい放題だった20代から、子宮全摘をしてセックスは変わるのか克明にレポートした40代まで。10年間のエロ遍歴を綴った爆笑コラム集。

●最新刊
天才
石原慎太郎

高等小学校卒ながら類まれな金銭感覚と人心掌握術を武器に、総理大臣にまで伸し上がった田中角栄。その金権政治を批判する急先鋒だった著者が万感の思いを込めて描く希代の政治家の生涯。

●最新刊
恋が生まれるご飯のために
はあちゅう

大人のデートとは、ほぼご飯を食べること。デートの行方を決定づけるオーダーの仕方。ご馳走様の回数。かわいくおごられる方法。体の関係を持つタイミング……。食事デートの新バイブル。

●最新刊
それでも猫は出かけていく
ハルノ宵子

いつでも猫が自由に出入りできるよう開放され、常時十数匹が出入りする吉本家。そこに集う猫と人の、しなやかでしたたかな交流を描く、ハードボイルドで笑って沁みる、名猫エッセイ。

●最新刊
新しい道徳
「いいことをすると気持ちがいい」のはなぜか
北野　武

日本人にとって、「道徳」とは何か？　この問いに答えられる親や教師がいないんじゃないか。まず最初に大人たちが、真面目に考えた方がいい。〝天才・たけし〟の比類なき新・道徳論。

●最新刊
タカラヅカが好きすぎて。
細川貂々

突然、宝塚歌劇に恋をしてしまった！　それから毎日は大忙し。観劇、地方遠征、情報収集……。タカラヅカで人生がすっかり変わった女子の生態とは？　好きなものがあるって素晴らしい。

●最新刊
僕の姉ちゃん
益田ミリ

みんなの味方、ベテランＯＬ姉ちゃんが、新米サラリーマンの弟を前に繰り広げるぶっちゃけトークは恋と人生の本音満載、共感度１２０％。雑誌「ａｎ・ａｎ」の人気連載漫画、待望の文庫化。

いびつな夜《よる》に

加藤千恵《かとうちえ》

平成30年2月10日　初版発行
平成30年2月28日　2版発行

発行人——石原正康
編集人——袖山満一子
発行所——株式会社幻冬舎
〒151-0051東京都渋谷区千駄ヶ谷4-9-7
電話　03(5411)6222(営業)
　　　03(5411)6211(編集)
振替00120-8-767643

印刷・製本—図書印刷株式会社

装丁者——高橋雅之

幻冬舎文庫

ISBN978-4-344-42697-9　C0193　か-34-3

幻冬舎ホームページアドレス　http://www.gentosha.co.jp/
この本に関するご意見・ご感想をメールでお寄せいただく場合は、
comment@gentosha.co.jpまで。